淫情アパート

桜井真琴

双葉文庫

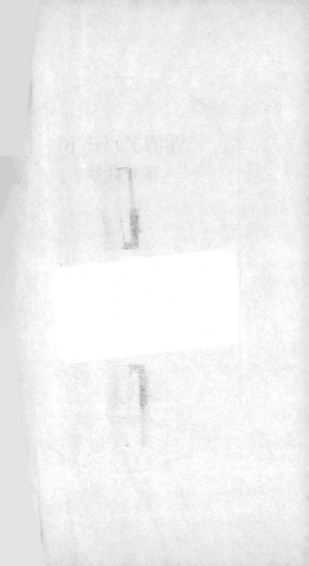

目次

淫情《いんじょう》アパート

プロローグ

夜十一時を過ぎた頃だった。

川崎《かわさき》涼太郎《りようたろう》がスマホの地図アプリを頼りに夜道を歩いていると、目的の建物が見えてきた。

「あ、あった……お？」

深夜だから、外観がはっきり見えるわけではないが、たしかに祖父が言っていたとおりの洒落《しやれ》たアパートのような気がする。

古い石造りで、ところどころ風化しているが、からみついた蔦《つた》がなかなか風情《ふぜい》を感じさせる建物だった。

（じいちゃん、あんなヤクザみたいな風体《ふうてい》だけど、まあお洒落だもんな）

涼太郎が住み込みの管理人としてやってきたこの古アパートは、岐阜に住む祖父の持ち物だった。

大学を卒業してから七年も働かずに、引きこもりのニート生活を送っている涼

太郎を見るに見かねて、

「遊んでいるなら、俺のアパートの管理人をしろ」

と、怒られたのがきっかけだ。

もちろん最初は断った。

七年も働いていないのだから、働いたら負けぐらいの気持ちだったからだ。

だが、店子《たなこ》に色っぽい女性が多いぞと言われ、さらには、

「来年三十だろうが」

と釘を刺されて、たしかにそろそろヤバいかなと、はじめて仕事に就《つ》くことにしたのだった。

もっともでかいのは、管理人をしばらくやったら「ゲーミングパソコン」を買ってもらえるという褒美《ほうび》である。

これは欲しい。絶対に欲しい。

だが四十万もするパソコンを、さすがに親にはねだれない。なので、これはもう管理人をやるしかなかったわけである。

玄関に行く。

表札に「カーサ川崎」と書いてある。

「幸運を呼ぶお洒落なアパート」とか呼ばれて、古いアパートのくせにずっと空きがないとか祖父は自慢げに語っていたが、本当だろうか。

玄関は自動ドアだが、オートロックではなかった。

入ると右手にポストが並んでいる。

三階建ての十二戸とこぢんまりしたアパートだ。一階の一〇一号室だけ封がされて、チラシなどが入らないようになっている。そこが管理人室だ。

すでに必要な荷物だけは運び入れてある。

とはいっても、布団やテレビやら冷蔵庫やら、必要最小限のものだけで、あとの細々としたものは買い揃《そろ》えなければならない。

（つか、ひとり暮らしなんかできるのかな、俺……）

管理人がつとまるかどうかよりも、まずそっちが心配だ。

なによりも地方というのが怖い。岐阜の駅前はけっこう開けていたが、それでも東京と比べると天と地ほどの差があり、寂しい感じがした。

それに加え、都会と違って地方の人間は話しかけてくるらしい。

どうもそれが邪魔くさい。

せめて住人たちとは、揉《も》めごとを起こしたくないなと心に決めて、管理人室のドアに鍵を入れたときだった。

ふと玄関に人影が見えた。

(……この人かな?)

遠目に見ていると、スーツの男が女性の肩を抱いて入ってきた。

酔っ払いだろうか。

「まほちゃんさ……」

「ホントに、平気ですから」

離れたところから見ていると、途切れ途切れに声が聞こえてくる。どうやら男が部屋に行きたがっているようだった。

(無理矢理飲ましたんじゃないのか?)

どうしようかな、と見ていると、女性はなんとか男を追い払ったようだった。

すると、女性がこちらに気づいて、頭を下げてくる。

涼太郎も慌てて会釈《えしゃく》を返す。

どうやら女性は上の階らしく、階段をのぼっていってしまった。

大丈夫かな……あの人。相当酔っていたみたいだし……。

涼太郎は部屋の鍵を開けながら、ちょっと気になっていた。

というのも女性が美人っぽかったからである。

タイトスカートに、白いブラウスということは勤め人だろうか。

自然と顔がほころんでしまう。

面倒だと思っていた仕事に、少しだけ光明《こうみょう》が差した気分だ。

（たしか、まほとか言ってたよな……）

部屋に入ってから書類を取り出して、祖父からもらったアパートの資料を眺めてみる。

「えーと、まほ、まほ……あった」

山崎《やまざき》真帆《まほ》、子持ちの未亡人、四十二歳。

（え、あれで四十二歳なの？　しかも未亡人？）

先ほどの女性を思い描く。

若々しくて可愛い雰囲気だったが、四十二歳には見えなかった。

（真帆さんか……）

なにもないのはわかっているが、あんなキレイな人と一応ひとつ屋根の下というのは心がときめく。

さて、シャワーでも浴びようかと思ったときだった。

上の階から、ガタンと音が聞こえてきた。

真上は真帆の部屋である。

管理人だから、やはり住人のことは気にかかる……なんてことよりも、どれほどの美人か、近くでたしかめたいだけだ。

涼太郎が階段で二階にあがってみると、部屋の前に先ほどの女性がいた。

やはり相当酔っているようで、ドアの前でしゃがみ込んでいた。ドアノブには鍵が刺さったままになっている。

(こりゃまずい……)

涼太郎は一目散に駆けつける。

女性はドアの前で寝てしまっていた。

「あ、あの……もしもーし……山崎さん」

艶《つや》やかなセミロングくらいの黒髪が乱れて、表情を隠している。

思いきって肩を揺すってみると、

「うーん……」

とだけ言って、顔を見せてきた。

涼太郎は思わず、

「おお……」

と声を漏らして見惚《みほ》れてしまった。

寝顔が可愛い。かなり可愛い。

そして美貌と同じくらい涼太郎の視線が吸い寄せられたのが、彼女の胸元の大きなふくらみだった。

白いブラウスのボタンがきつそうなほど、おっぱいが大きい。

しかも腰は細い。

プロポーションがよくて、乳房だけが大きいのだ。

(で、でか……Fカップとかありそうだ……って、なにを見てるんだ)

童貞には刺激が強すぎる悩殺的なバストだった。

「う……ん……」

そのとき、ぼんやりとだが美熟女が目を開けた。

目がくりっとして大きかった。しかも黒目がちで、バンビみたいなまん丸の目だ。清楚な雰囲気で、なんだか妙に守りたくなるタイプの可憐《かれん》さだ。

可愛い。四十二歳のくせに、やはり可愛い。

もう完全に涼太郎のタイプだった。

（うう……じいちゃん、ありがとう。来てよかった）

これが四十二歳で、二十歳《はたち》の娘がいる未亡人だなんて信じられない。

顔が小さく、セミロングの黒髪が艶めいていて、絹のようにさらさらとして光っている。

アイドルが可愛いままに歳を重ね、年相応の色香《いろか》をまとった感じだ。

アルコールのせいだろう、白い肌は朱色にほんのり染めあがっていて、口紅の塗られた唇は艶やかに濡れ光っていた。

（都会にもちょっといないぞ、こんなに魅力的な人）

ドキドキしつつ、

「あ、あの……」

声をかけると、真帆は「ウフッ」と笑って立ちあがろうとした。

しかし、足元がおぼつかないらしく、また倒れそうになる。

「あ、危なっ……」

咄嗟《とっさ》に抱きしめた。

甘い女の匂いが、胸いっぱいに広がってくる。

抱きしめた女体は柔らかくて、おっぱいがギュッと押しつけられている。

下を見れば、タイトスカートがまくれて、ナチュラルカラーのストッキングに包まれたパンティがちらっと見えていた。

（おわっ……！）

慌ててスカートの裾《すそ》を下ろしてやるが、可愛い熟女パンチラはエロすぎた。

必死に邪念を振り払い、真帆に話しかける。

「だ、大丈夫ですか？」

「平気よ、ありがとう、あなた」

あなた？

（旦那さんと間違えているんだな。ん？　でもたしか未亡人って……）

よくわからないが、誰かと間違えていることはたしかだ。

涼太郎は真帆を支えながら、ドアを小さくノックした。

「すみませーん……」

深夜だから小声でドア越しに声をかけたが、なんの反応もなかった。

娘は女子大生で、よそでひとり暮らしと書いてあったが、誰かしらいるかなと念のため声をかけたのだ。

仕方ないなと、涼太郎はドアを開け、真帆を抱えたまま玄関に入る。

そのときだ。
玄関に置いてあった靴に足を引っかけて、廊下に倒れ込みそうになる。
（ヤ、ヤバッ……）
自分が下になり、真帆を受けとめた。
奇跡だった。腰が痛い……けどそれどころじゃない。
「す、すみませ……」
（うおお……）
可愛らしい顔が、間近で涼太郎を見つめていた。
鼻先にプンとアルコールの匂いが広がる。
やはりけっこう飲んでいるようだ。
「ごめんね、ありがとう」
真帆が覆《おお》い被《かぶ》さりながら、ニコッと笑う。潤《うる》んだ目つきが色っぽかった。
「あ、あの……」
どいてほしいが、どいてほしくない。
このまま抱きしめていたいが、そういうわけにはいかない。
そんなことを思いながら、つい目線を下げると、ブラウスの胸元から白いおっぱいの谷間とブラジャーが見えた。
（ブ、ブラちらっ！）
童貞にはかなりの刺激だ。
当然ながら反応した。ズボン越しにすぐに分身が、ググッと持ちあがってしまう。
すると、また真帆がクスクスと笑った。
「いやだ、もう……」
恥じらいがちの可愛い美熟女の顔が、さらに近づいてくる。
「えっ……ちょっと……あ、んむっ！」
気づいたら、柔らかいものが涼太郎の唇をふさいでいた。
（え……え……？）
アルコールの匂いと、甘い味がした。
なにが起こったかわかるまで、たっぷり五秒はかかった。
キ、キスだっ。チューしてるっ！
今まで風俗も行ったことがない涼太郎としては、大人の女性としたはじめての接吻《せっぷん》だった。

「んふっ……あなた……」

真帆は甘えて、さらに唇を押しつけてくる。

しかも、軽く唇を合わすだけではない。

唇のあわいに、ぬるっとしたものが入ってきた。

（し、舌が……！）

真帆の舌が、涼太郎の口の中をまさぐっていた。

はじめて味わう女性の唾液《だえき》や、柔らかな舌の感触に、目を白黒させて固まってしまった。

「んぅ……んうん……」

真帆は甘ったるい鼻声を漏らしながら、強引に舌をからめてくる。

唾液がしたたり、涼太郎の唾液と口の中で混ざり合う。アルコールの匂いでこっちまで酔いそうだった。

（……どうしよう、この人、完全に酔ってる）

だけど身体が動かなかった。

（キスって気持ちいい……）

しかも超絶可愛い女性と、舌を入れての深いキスだ。理性は完全に吹っ飛んで、涼太郎も本能的に舌をからめていく。

ねちゃ、ねちゃ、くちゅ……。

唾液の音が立ち、口の中が甘い唾《つば》で満たされていく。

はじめて触れる大人の女性の身体は、どこもかしこも丸みがあって、噎《む》せ返るような甘い柔肌《やわはだ》の匂いがした。

「んふっ……んん……」

真帆はキスをしながら、手を下に持っていく。

「うっ……くぅ……」

涼太郎は思わず唇を離して、のけぞった。

真帆の指が、ズボンの上からふくらみをさすってきたのだ。

「い、いけません……」

慌てて涼太郎は首を振る。

「あんっ……すごい……こんなに……」

だが真帆はおかまいなしに、硬さや太さをたしかめるような手つきで、ズボンの上から肉竿《にくさお》を指でつかんでシゴいてくる。

「ち、ちょっと……くうう！」

涼太郎は思わず天井を仰《あお》いだ。

自分でするオナニーとは、気持ちよさが段違いだ。

こんな美しい人に、ズボン越しとはいえ手コキされていると思うだけで、パンツの中で、じわあっとガマン汁がシミ出てくるのがわかる。

（ヤ、ヤバい……）

金玉がぱんぱんだ。射精しそうだった。

涼太郎は慌てて腰を動かすが、それが真帆を刺激したようだ。

「ウフフ、エッチなこと、したいのね……」

真帆は涼太郎のズボンのファスナーを下ろし、パンツの合わせ目を指でくつろげてから、勃起《ぼっき》をつかんで外に出してしまった。

「うわあ……ま、真帆さんっ」

名を呼んで、制止しようとする。

だが、可愛らしい熟女は目の下をねっとり染めて、とろんとした目つきでいきり勃《た》つものを直接シゴいてきた。

「ぐうっ……」

あまりの衝撃に、爪先まで電流が走った。

真帆の指は温かく、しかも繊細でしなやかだった。

そんなキレイな指で輪をつくって、根元をぐいぐいとこすられると、もう脳味《のうみ》噌《そ》も理性も吹っ飛んでしまった。

（もう、ダメだ……なにも考えられない……）

タイトスカートのヒップに手を持っていき、悩ましい尻の丸みを撫《な》でさすった。

「あんっ……」

真帆は甘い声を漏らし、身体をビクッと震わせる。

（うおお……）

熟女の尻の柔らかさに、涼太郎は陶然《とうぜん》となる。

夢中になって、ぐいぐいと指を尻たぼに食い込ませると、尻肉のたわみが涼太郎の指を押し返してくる。

しかも大きかった。むっちりと重たげなヒップは、はちきれんばかりのすさまじい量感だ。

（た、たまらない……）

手のひらに、美熟女の尻肉の重みと淫《みだ》らな熱を感じる。

もうどうにでもなれと、童貞のくせに大胆にスカートの中に手を忍ばせ、パンストとパンティ越しの豊かな尻を撫でまわす。

「あっ……んん……」

真帆の悩ましげな声や乱れた呼吸だけが、やけに大きく耳に届く。

それ以外の音は、もう耳に入らなかった。

涼太郎は夢中でパンストとパンティの上から、女の恥部《ちぶ》を撫であげた。

「ん……」

真帆が顎《あご》を持ちあげる。

(か、感じてるっ……)

涼太郎は興奮しきって、さらに真帆のスカートの中をまさぐった。

指先に柔らかい肉の感触があり、湿り気すら感じる。

(あ、温かい……それに、なんか濡れてきてないか……?)

涼太郎の興奮はピークに達した。

パンストとパンティの上からでも、肉の窪《くぼ》みを感じた。そこを指でこすると、
くにゅっ、と柔らかい肉が沈み込み、

「あっ……あんっ……」

と、真帆がうわずった声とともに、甘い吐息を漏らす。

(い、いやらしい……)

可愛いらしい童顔だから、感じている色っぽい表情が余計にそそる。

(女の人って、こんな淫らな顔を見せるんだ……)

涼太郎の興奮はいっそう高まり、全身の血が熱く煮えたぎった。

ハア……ハア……。

喉《のど》がからからに渇いている。脈がドクンドクンと大きくなっていく。

涼太郎は下着越しの女の窪みに、太い指を食い込ませた。

「んっ……くうっ……」

真帆が小さく呻《うめ》いて、腰を淫らに震わせる。女肉はもうぐっしょりだ。突き立てた指をさらに沈み込ませたときだ。

「ん……ああんっ!」

真帆の震えが大きくなり、涼太郎にしがみついてきて、

「あっ……あっ……」

と、感じた声をひっきりなしに漏らしている。

(くあああ……も、もう……)

ダメだった。

童貞にはあまりに刺激が強すぎた。

「ま、真帆さんっ……」

涼太郎は厚かましく名を叫び、ギュッと抱きしめた。

(やばい、で、出るっ……!)

ガマンできなかった。

咄嗟に肉棒をパンツの中にしまい、ファスナーをあげる。

そのときだ。

ゾクッという痺《しび》れが身体を貫《つらぬ》き、どくどくと切っ先から熱いものが放出されていく。

「ああ……」

まるで失禁したように、大量の精子がパンツの中に放出される。

激しい射精だった。

涼太郎は真帆を抱きしめて、ガクガクと震える。

「あ、な、なに……?」

急に真帆の身体に力が入り、声もはっきりとした調子になる。

上になっている真帆が、じっと涼太郎を見つめてきた。

目の焦点が完全に合っている。

「だ、誰？　あなた、誰なの……」

真帆は飛びのき、そして涼太郎の股間を見た。

ハッとして涼太郎も下を見る。ズボンの真ん中に大きなシミが、べっとりとついていた。

「ち、痴漢……あなた、痴漢ね！」

真帆が玄関にぺたんと尻餅《しりもち》をついた。スカートがまくれてパンティが見えている。いや、そんな場合じゃない。

可愛らしい目が、今は恐怖で大きく見開かれている。

「ち、違います、落ち着いて」

なだめようとしても遅かった。

「だ、誰かっ！　誰か来てっ」

真帆は大声をあげ、四《よ》つん這《ば》いのまま、ドアを開けて外に出た。

すぐにドアの向こうが騒がしくなってきた。

「まっ、待って」

涼太郎も慌てて外に出る。

ギョッとした。

そこには、ほうきを持った女性たちが仁王立ちしていた。

「こいつが痴漢ね！」

女性たちに、ほうきでバシバシと叩かれる。

他にも人がやってくるのが見えた。

「ち、違うっ、違うってば！」

（じいちゃん、ごめん……俺、仕事に就く前日に痴漢で捕まるかも）

涼太郎は女性たちに叩かれながらも頭の中で、前科がつくとどうなるんだろうだとか、ニートでしたからねえ、とテレビで言われるだとか、意外と冷静にこれからのことを考えていた。

第一章　ときめきの新生活

1

「涼太郎いるかい？」

管理人室の玄関で、野太い声がした。

（んん……？）

布団の中で涼太郎は目を覚ます。

窓を見ると、うっすらと明るくなっている。

ニート生活のときは、こんなに朝早く起きたことはない。寝ぼけ眼《まなこ》のまま、布団の中で伸びをしたときだった。

ドカドカと部屋に入ってきたのは、ヤクザ……ではなく、涼太郎の祖父の雄三《ゆうぞう》である。

「じいちゃん、なんだよ朝早く。俺、寝たの朝方なんだよ」

涼太郎はあくびをする。

「なんだよ、じゃねえ。まったくタワケが。なんや昨日の晩、さっそく悶着《もんちゃく》があったらしいじゃねえか」

オールバックに色の薄いサングラス。

彫《ほ》りの深いいかつい顔にストライプのジャケットは、どう見てもカタギには見えない異様さだ。

「誰から聞いたの?」

涼太郎はまた、伸びをしながら尋ねる。

「この店子《たなこ》だよ。三階にいる村瀬《むらせ》っていう、やたら貫禄《かんろく》のある背の低いババアがいるだろう。なげえんだよ、あそこの家族とは」

言われて涼太郎は、昨日のことを思い出す。

すらっとしたモデル風美女に、おっとりした優しい雰囲気の人妻っぽい女性、それに中年男もいたな。

あとは……。

太った背の低いおばさんが、やたらほうきでバシバシ叩いてきたっけ。

(ああ、あの人だな……)

ぼんやり思っていると、祖父は難しい顔をした。

「来た初日から店子に痴漢するってのは、なかなかいねえぞ、おい。やっぱりあれか、ニートなんていうもんしてるから、人との距離がわかんなくなっちまったか。ったく、佳菜子《かなこ》さんも健太郎《けんたろう》も、罪深《ぶけ》えなあ。で、あれか、今日あたり、パクられんのか？」

佳菜子と健太郎は、涼太郎の両親の名前である。

「違うってば、誤解だって。酔った女の人がいたから助けに行ったら、その……ふたりで転んで、へんなところ触っちゃって」

昨日の夜は大変だった。

なんせズボンの股間にシミをつけた怪《あや》しい男が、未亡人の美熟女を襲っている図である。

新しい管理人だと言っても信用してもらえないのは当然だろう。

幸いにして、酔いの醒《さ》めた真帆がかばってくれたから、なんとか渋々住人たちは戻っていったが、あのままだったら間違いなく警察沙汰《ざた》である。

（っていってもなあ……スカートの中とか触っちゃったから、言うほど誤解でもないかも……）

昨日のことを思い出して、身体を熱くさせてしまう。

生まれてはじめて大人の女性とキスをして、お尻を揉《も》んだのだ。一生忘れないだろうなと思う。

顔を火照《ほて》らせていると、祖父が睨《にら》んできた。

「なんかニヤついてんな、ホントに誤解か？」

「ホントだって。すぐに女の人が……山崎真帆さんっていう人らしいけど……痴漢じゃないって言ってくれたからさ。で、メールにはなんて書いてあったの」

「新しい管理人が痴漢じみた行為をしたから、一応報告しとく……だったかな」

「してないってば」

「俺の早とちりだったか？」

祖父はフローリングの床の真ん中に、どっかとあぐらをかいた。

まだ椅子もテーブルもないから、殺風景な部屋である。

ちなみに管理人室は広いワンルームで、キッチンや水まわりには可愛いタイルをあしらっていて、海外のアパートメントみたいだ。

建物はかなり古くとも、たしかにお洒落《しゃれ》なのは間違いない。

「ちょうどええわ。どうせ今日はここに来て、仕事の説明しようと思ってたからな。モーニングでも行こまい。帰ってきてから丁寧《ていねい》に教えたる」

「モーニング？」

「おう。ここいらはな、喫茶店でコーヒー頼むとパンとか玉子がついてくる。コンビニとかで買うより、よほどええぞ」

煙草《たばこ》を咥《くわ》えて、そんなことを言う。

ライターで火をつけようとしたので、ここは禁煙だと祖父のライターを取りあげた。このライターもずっしり重くて高そうだ。身につけているものも洒落ているのである。

「ふーん、モーニングねえ」

よくわからないが、お得な朝メニューらしい。

涼太郎は着替えてから、祖父と一緒に管理人室を出る。

「しかし、じいちゃん。朝からすごい格好だね」

シャツにチノパンというラフな格好の涼太郎は、祖父の典型的なVシネスタイルを見ながら言う。

「フランク・コステロやな。粋《いき》やろ」

「誰それ」

わからないから訊《き》くと、祖父の機嫌が悪くなってしまった。そんなに有名人なんだろうか。祖父はもう八十近いから、世代間ギャップがすごい。

玄関に向かう途中で、階段から下りてきた濃紺《のうこん》のスーツを着た女性と鉢合《はちあ》わせした。

（のわっ！）

女性の顔を見て、涼太郎は顔を強張《こわば》らせる。

（き、昨日の怖い人）

真帆が悲鳴をあげたとき、真っ先に駆けつけてきた女性である。めちゃめちゃ怖い目で睨まれて、ほうきでバシバシ叩かれたのだ。

女性は涼太郎たちを見ると、髪をかきあげつつ、ニコッと微笑《ほほえ》んだ。

「おはようございます。大家さん、と新しい管理人さん」

うん？

（なんか昨日と雰囲気が違うな……）

涼太郎はうかがうような目で、女性を眺めた。

切れ長の目と肩甲骨《けんこうこつ》までの艶《つや》っぽいストレートヘアが、いかにも「いい女」という雰囲気を醸《かも》し出している。

見た目はクール系美女という感じだ。

すらりとしたモデル体形で、ヒールのある靴を履いているから、百七十センチくらいある。

「仕事ができそう」な「いい女」だ。

しかし昨日の剣幕からすると、見た目はクールビューティだけど、中身は勝ち気で男勝《おとこまさ》りってところか。

「お嬢さん、申しわけねえな。昨日は孫がお騒がせして」

祖父は丁寧に謝った。

すると、女性はクスッと笑った。

意外と笑顔は人懐っこくて、ドキッとする。

「ごめんなさい。こっちも、わけもわからずほうきでぶっ叩いて。まあ、おあいこってことで。キミ、大丈夫だった？」

ちょっと屈《かが》めと手で合図される。

少し腰を屈めると、女性はすっと手を差し出してきて、涼太郎の前髪をかきあげた。

（うっ……び、美人だ……）

近くで見ても顔立ちが整っている。

涼太郎は思わず目をそらす。

鼻をすると女性の甘い匂いに、香水のような柑橘《かんきつ》系の香りが加わり、涼太郎の鼻孔をくすぐってくる。

フェロモンのようなものを感じる。

これが色っぽい、ということなんだろうか。

「おでこ、ちょっと傷になっちゃったかな。ホント、ごめんね」

クールな見た目と違って、意外とフレンドリーだ。ホッとしたときにチラッと視線を下にしてしまう。

（うわっ、スーツの上着の胸が……けっこうでかい……）

悩ましい丸みを帯《お》びたバストは、昨日の真帆ほどではないが、十分にボリュームがある。

と、彼女はハッとしたように胸に手を当てた。

見ているとバレた、と身体を熱くするものの、彼女はウフッと妖艶《ようえん》に笑うだけだった。

「私、三〇一の藤村奈々子《ふじむらななこ》よ。よろしくね、管理人さん」

「か、川崎涼太郎です」

自己紹介しながら、資料を頭に浮かべる。

藤村奈々子。たしか独身の二十八歳だったはず。

(二十八？　俺よりひとつ年下なの？)

それなのにこの頼れるお姉さんぶりと、大人の女性らしいムンムンとした色気はなんなのだ。

仕事はたしか市役所勤務。

地方で役所勤めというのは勝ち組らしいから、実際にできる女なのであろう。

みな一緒に玄関を出ると、ひとりの女性がゴミの集積所にいた。

どうやら、ゴミ袋の口を縛り直しているらしい。

(あ、き、昨日の……真帆さん……)

真帆の腰つきに、思わず目を奪われてしまった。

薄ベージュのフレアスカートに悩ましい尻の丸みが浮かんでいる。

スカートの生地《きじ》は尻の大きさのせいでピンと張りつめ、悩ましいパンティのラインまで透《す》けて見えてしまっていた。むっちりと重たげなヒップは、明るいところで見ても、すさまじい量感だ。

（あ、あのお尻を、俺は撫《な》でたり揉んだり……）

カアッと胸がやける。

腰は細いのに、そこから蜂《はち》のように大きく盛りあがる尻のムチムチ具合に、涼太郎は朝っぱらから欲情してしまった。

と、そのときだ。

奈々子がそっと真帆の背後に近づいて、その大きなヒップをいやらしく撫でまわしたのだ。

「キャッ！」

真帆が伸びあがって、こちらを向いた。

「あっ」という顔をした真帆は、涼太郎と目が合うと、恥ずかしそうにそらしてしまう。

（あー、嫌われたかな……だめだ。こっちも恥ずかしくて、真帆さんの顔をまともに見られないや）

思い出すだけで、全身が熱くなる。

あの柔らかな唇。

アルコールの香気《こうき》を含んだ甘い吐息。ねっとりとした濃厚な唾液《だえき》。

柔らかな胸のふくらみや、ヒップのまろやかな感触。

童貞にはすべてが刺激的すぎた。

うつむきながらも、ちらちら見ていると、お尻を撫でられた真帆は顔を真っ赤にして奈々子を睨んだ。

「奈々子さんっ……どうしていつもお尻を触るんですかっ」

涼太郎と祖父の目を気にしながら、真帆が口を尖《とが》らせる。

「えー？　だって、すごくいいお尻してるんだもの。私もさ、自分ではスタイル悪くないと思ってるんだけど、真帆さんのお尻とかおっぱい見ると、ため息が出ちゃうのよねえ。この子が襲うわけだわ」

「お、襲ってないですってば」

涼太郎は慌てて言い訳する。

祖父はガハハと笑った。

「相変わらず仲がええなあ。じゃあ、すまんがお嬢さんがた、ウチの孫をまあかわいがってやってくれ。なあに、好きなようにこき使ってええからな」

恥ずかしいが、とにかく頭を下げる。

ふたりはクスクス笑って、こちらこそ、と言ってくれた。

（くうう、ホントに美人揃《ぞろ》いじゃないか……は、はーれむっ）

と、エロ漫画みたいなハーレムを妄想するのだが、よくよく考えたら自分にそんな甲斐性《かいしょう》はないな、と諦《あきら》めの念が湧《わ》いた。

所詮《しょせん》はニート。過度の期待は禁物だ。

2

一週間が経《た》った。

管理人という仕事は、思っていた以上に重労働で毎日へとへとである。

共用部分の清掃に、ゴミ集積所の片づけ、さらには適当に配られてくるチラシを捨てたり、電球を換えたりと、とにかく朝から晩まで仕事だらけだ。

ここに来る前は、朝掃除して、あとはのんびりとテレビでも観てればいいのかと思っていたが、全然そんなことはない。

夜は夜で、見まわりもしなければならない。

そして一番面倒なのが、住人からの苦情である。

まだ一週間なのに、

「外からの騒音がうるさい」

「違法駐車があって車を出せない」

など、そのたびに聞きにまわって対応しなければならないのだ。

そのため、真帆ともう少し仲よくなれるかと思ったが、残念ながら、まだちょっと挨拶《あいさつ》する程度である。

もっとも、一緒にいる時間が増えたからといっても、どうだということもないのだが。

ただ、奈々子は涼太郎の傷のことを心配してくれて、ちょくちょく話しかけてくれるようになった。

今では藤村、ではなく奈々子と呼んでとまで言ってくれた。ただ向こうは最初から涼太郎と呼び捨てなのが気にかかるが。

そんな忙しい日々の中、管理人になってはじめての土曜日。

廊下の電球が切れかけているのを見つけたので、交換しようと脚立《きゃたつ》を持ってきた涼太郎は、後ろから声をかけられた。

「少しは慣れた？」

ハッと振り向く。

「どうも、奈々子……さんっ……」

思わず声が裏返った。

彼女の格好がすごかったからである。

上半身はおっぱいの谷間が強調されたキャミソール、下は太ももがきわどいところまで見える超ミニのホットパンツである。

(た、谷間が……太ももが……)

涼太郎は必死に視線をやらないようにするものの、奈々子にめざとく見つけられて、ウフフと笑われる。

「ねえ、普通、もうちょっと隠さない？　そういうエッチな目って」

「ご、ごめんなさい」

カアッと顔が熱くなる。

からかわれているのがわかるので、もう見ないでおこうと脚立に乗ったときだ。

バランスを崩して、落ちそうになった。

奈々子が笑っている。

「なに？　脚立に乗ったことないの？」

「……ないですよ、そんなの」

ついつい口調が強くなる。

そもそも奈々子は、涼太郎より年下なのだ。

なのにどうもお姉さんキャラが立っていて、涼太郎はどうしても卑屈《ひくつ》になってしまいそうになる。

「ちょっとどいて」

「え？」

「いいから」

涼太郎が降りると、奈々子はすいすい脚立をのぼって、最上段まであがっていってしまう。

「電球」

奈々子が上から声をかけてきた。

「え……あ、はい」

涼太郎が渡すと、彼女は慣れた手つきで切れかかっている電球をはずし、涼太郎に渡してきた。

（す、すごいな……え？）

見あげたときだった。

（あっ……）

涼太郎の目が見開かれ、食い入るように見つめてしまう。

ホットパンツ越しのぷるんとしたお尻と、ストッキングを穿《は》いてない生脚に、思わず目が吸い寄せられた。

（キレイな脚だな……お尻もおっきい。張りつめてムチムチしてる）

腰は細いのに、双臀《そうでん》のボリュームはすさまじい。

ホットパンツを押し広げるほどの巨大なヒップが、手を動かすたびに左右にくなくなと妖《あや》しく揺れている。

（ツンと小気味よく盛りあがって、いやらしいお尻……ん？）

いけないとはわかっていながら、涼太郎は脚立に顔を近づけて、真上を見あげた。

（おおうっ、見えた……パンティっ！）

ホットパンツは超ミニ丈《たけ》だから、太ももの隙間《すきま》から薄いピンクのパンティがのぞいてしまっている。

華やかな美人にしては、デザインも色もかなり地味なものだった。

だが……逆に見られたくない、生活感丸出しの生々しいパンティだからこそ、童貞の興奮をやたら煽《あお》った。

（短パンって、隙間から見えるんだよね……）

スカートより警戒心が低いので、意外と隙間からパンチラが見えるのが短パンのいいところだ。

こんな美人のパンチラは二度とないだろう。

涼太郎は目を血走らせて、隙間をじっくり見つめる。

股の中心部の布地が、ぷっくりと盛りあがっている。汗ばんでいるように見えるので、蒸れたアソコの匂いが漂ってくるようだ。

（といっても、おまんこの匂いなんて知らないけど……奈々子さんもオナニーとかして、いやらしい匂いをさせるのかな）

美しい女性のアソコの形や匂いを妄想するだけで、童貞の涼太郎は、陰茎《いんけい》の昂《たか》ぶりを感じて股間を指先で押さえ込んだ。

もう目が離せない。

ホットパンツが揺れる中で、薄ピンクのパンティは、涼太郎の股間を刺激するように、何度も目に飛び込んでくる。

（す、すごいな……）

あまりに蠱惑《こわく》的な光景に、涼太郎の警戒心は半減していた。

気がつくと、奈々子の作業は終わり、額《ひたい》の汗を拭《ぬぐ》いながら「ん？」という顔で涼太郎の視線の先を追っている。

（まずいっ）

慌てて不自然に視線をそらす。

しかし、降りてきた奈々子はそれを咎《とが》めようとせずに、ただセクシーな笑みを口元に浮かべるだけだった。

「簡単でしょ、こんなの」

奈々子がすまして言う。

「あ、え、ええ……次からは、ちゃんとやります」

ついつい口調が従うものになってしまう。

下着を覗いていたことを咎められないように、慌てて脚立を片づけて、管理人室に戻ろうとしたときだ。

「そういえば涼太郎って、カノジョはどうしたの？　東京に置いてきたとか」

奈々子が、ふいにそんな質問を投げてきた。

「い、いませんよ、そんなの」

そう返すと、奈々子はなにかを察したように、ウフフと笑う。

「ふーん、なんか今の言い方……いないのが当然ってみたいで、ねえ、もしかして、今まで女の子と付き合ったことないとか」

さらりと言われて、グサッときた。

「な、なんで、そんなふうに思うんですか」

さすがにこの質問には抵抗があった。

だが、まともに答えなかったことが、奈々子への正解になってしまった。

「まさか当たっちゃった？」

奈々子がアハハと楽しそうに笑う。

涼太郎は無言で戻ろうとすると、奈々子が再び訊いてきた。

「怒っちゃった？　ごめんね」

からかいすぎたと思ったのか、奈々子が優しい声をかけてくる。

「別に怒ってないですよ」

と返したものの、自分でも言い方に棘《とげ》があるなあと思った。

「ふーん、そうかなあ」

と奈々子が言いつつ、いきなりだ。

彼女が後ろから抱きついてきた。
（え？　えええ？）
突然のことに、頭がついていかなかった。
背中にぐいぐいと、胸が押しつけられている。
柔らかなふくらみと、濃厚な女の匂いにクラクラした。
「でもさあ、さすがに女は知ってるわよねえ、涼太郎」
耳元でささやかれる。
ゾクッとした震えに、涼太郎はどうしたらいいかわからなくなる。
「そ、それは……そんなことを、い、言う義務なんて……」
（からかわれてるんだ……）
わかっているのに、ドキドキしてしまう。
すると、奈々子がすっと離れて、ウフフと笑った。
「さて、出かけようかなあ」
奈々子は何ごともなかったかのように階段をあがっていく。
涼太郎はひとりポツンと残される。
（なんなんだよ……）

と怒ってみても、背中に当たったおっぱいの感触がうれしかった。

さらに、ホットパンツの隙間から見えたパンティの記憶も生々しい。

（どうして、奈々子さん……俺にあんなこと……）

もしかして好意を持ってくれたのでは……。

という淡い期待を、涼太郎はすぐに打ち消した。

所詮ニートで、なんの取《と》り柄《え》もない平凡な男である。

どうせ「いいおもちゃが入ってきた」と、今頃ほくそ笑んでいるに違いない。

なにかに期待して生きるのは、とうの昔にやめているのだ。

3

その日の夜。

管理人室の布団の中で、涼太郎は悶々《もんもん》として眠れない時間を過ごしていた。

昼間の奈々子の刺激的なパンチラで自慰《じい》行為をして、疲れもあって眠れるかと思ったのに、眠れないのだ。

《さすがに女は知ってるわよねえ、涼太郎》

奈々子のあの言葉は、どういう意味なのか。

単に童貞かどうか知りたかったのか。

それとも……もし童貞だったら、奈々子が教えてくれたりして……。

（ま、まさかなあ）

と思うのに、都合のいい妄想が広がるのが童貞である。

女っ気のない生活に、いきなりあんな美人がちょっかいを出してきたのだ。眠れるわけがない。

（やばっ、また大きくなってきた……）

もう一回抜こうかと思っていたときだった。

スマホが鳴った。

ビクッとしてスマホを取り、画面を見れば奈々子からである。

なにか困ったことがあったら電話して、と住人には伝えてあるが、さすがにこんな深夜の時間は非常事態だ。

（な、なにがあったんだろ……）

ドキドキしながら、慌てて電話を取る。

「は、はい……川崎ですけど」

「あ、ごめんね、夜遅く。電気が切れちゃったのよ、いきなり」

　言われて涼太郎は部屋を見渡した。

　パソコンの充電もできているようだから、アパート自体が停電ということではなさそうだ。

「ブレーカーは見ました？」

「どこにあるんだっけ？」

　この口ぶりだと、触ったことはないようだ。

「ええっと……」

「ねえ、ちょっと来てよ。懐中電灯持って」

「え、だってこんな時間に……」

「いいから」

　それだけ言って電話が切られた。

（マ、マジか……）

　トラブルとはいえ、ひとり暮らしの女性の部屋に入るのだ。

　これは狼狽《うろた》える。

　まず格好からして迷った。でも、わざわざ着替えたりするのもへんだから、ジャージのまま行くことにした。

（よ、よし……）

　身体を熱くしながら、奈々子のいる三〇一号室に行く。

　小さくドアをノックすると、ドアが開いた。

　たしかに真っ暗だ。

「深夜にごめんね。ありがとー」

　奈々子の姿がぼんやり見える。

　そのシルエットに懐中電灯を照らした涼太郎は、ドキッとして、危うく懐中電灯を落としそうになった。

（えっ……ええっ？）

　白いレースのついたキャミソールが、下着に見えたのだ。

（これ、ブ、ブラジャー……じゃないよな……でも胸のところがブラジャーに見えるけど……もしかしてこれ……ネグリジェってヤツじゃないか？）

　あまりにセクシーな姿だった。

　肩紐《かたひも》だけのサテン地の寝間着は、白い肩や二の腕が剝《む》き出しで、さらには胸元が大きく開いていて、おっぱいの谷間が見えている。

　その胸元も実にセクシーだが、問題は裾《すそ》だ。

レース部分がミニスカートのようにひらひらして、しかも丈が短く、白い太ももがつけ根近くまで露出している。

同じ太ももでも、ホットパンツとミニスカでは、エロさが格段に違う。

ホットパンツはめくれても、パンティは見えない。

だが、ネグリジェは下着の見えないギリギリの短さで、少しでもめくれたら、パンティが確実に見えてしまうだろう。

「やだ……こんなときにへんな目で見ないで。で、どこにあるんだっけ？　ブレーカーって」

「あ、こ、こっち……たしかキッチンの横に……いいですか？　入っても」

「いいわよ、もちろん」

すんなり入れてくれる。くらくらした。

なんといっても、生まれてはじめての女性の部屋である。

（な、なんか同じアパートの部屋なのに、匂いが違うような……）

部屋の中は奈々子の匂いがムンムンと漂っている。

甘い匂いにクラクラしながら、涼太郎はキッチンの上を懐中電灯で照らす。

「あった」

「どこ？　あ、ホントだ」

涼太郎がブレーカーをあげると、電気がパッとついた。

カウンターキッチンの向こうは小綺麗なリビングで、その横にあるドアの向こうがおそらく寝室だろう。ここは1LDKなのだ。

「ありがと、助かったわ」

近づいてきた奈々子の姿を見て、ギョッとした。

ネグリジェの胸元が緩《ゆる》くて、ノーブラの胸が甘美な揺れを見せている。

しかもだ。

栗色の髪はまとめあげて、タオルで包んでいる。

風呂あがりで、白い肌がほのかに上気《じようき》して、石けんのいい匂いが、ほわんと鼻先をくすぐってくる。

「今度から覚えておくわ。やっぱドライヤーと電子レンジとエアコンは、だめよねえ。同時に使ったら、一気にバチッて」

「そ、そりゃまずいですよ」

（まずいのは、俺の股間なんだけど……）

見てはいけないと思うのに、どうしてもノーブラの胸元に目が向かう。

（あっ）

しかも、発見してしまった。

ふくらみの頂点に、ぽっちが浮かんでいる。

ぷくっとしているのは、間違いなく乳首だ。それに奈々子が横を向くだけで、ナマ乳房のたわわなふくらみが見えてしまう。

（も、もう裸みたいじゃないかっ）

いつもはかちっとしたスーツ姿で、できる女ぶりを発揮しているが、それが今はもう裸同然。そのギャップが実にいやらしかった。

（うう、やばい……股間がムズムズして……）

ここで硬くなったのを見せたら、またほうきで叩かれそうだ。

早く退散しようとすると、すっと奈々子が身を寄せて見あげてきた。

美しい切れ長の目が潤《うる》んで、ドキリとする。

とにかく近い。

顔も近いし、おっぱいも近い。これはまずい。まずすぎる。

「じ、じゃあ……俺……戻りますね」

見つめ合うのをやめて、離れようとする。

「待って」

「は、はい？」

予想外に呼びとめられ、涼太郎は目をぱちくりさせる。

奈々子はウフッと笑って、手をそっとつかんできた。

（え？）

「昼間の続き。ねえ、涼太郎。キミ、女の子とそういうこと、したことないんでしょう？」

「え、ええ……？」

言葉につまった。

というより、心臓のドキドキ音がすごくて、耳鳴りもする。

ふわふわして熱が出てきたみたいに浮かれている。

「そ、それは……」

「どうなの」

「な、ないと言えばないかも……」

煮えきらない態度でいると、奈々子が目を細めてくる。

「ウフフ……ねえ、私で卒業させてあげようか？」

「ええええ？」

言われて、思わず奈々子の身体をちらっと見た。

まごうかたなき美人で、しかもプロポーション抜群。ニートとは住む世界が違う、S級の超高めの女性である。

（う、うそだろ……）

唖然《あぜん》としていると、ふわりと近づいてきた。

くっつかれて、思わず下を見る。

（ああっ……）

ナイティの胸の開いた隙間から、乳暈《にゅううん》が見えた。

薄ピンクのキレイな乳輪で、乳頭まで見えそうになっている。

一気にカアッと身体が熱くなり、下腹部が充血した。

奈々子がウフッと笑う。

「ねえ、私の身体でエッチなこと、してみたいんでしょう？　ずっと私のおっぱいとか太ももとか、ジロジロ見てるもんね」

「そ、そりゃ男なら誰でも見ますよ……そ、そんなに魅力的なら……」

これは夢だろうか。

いや、それともなにか魂胆《こんたん》があるのか……？

頭の中でいろいろ考えていると、奈々子が切れ長の目を細めて、しなをつくってくる。

「どうせ今日だって私のことおかずにしたんでしょう？　ホットパンツから見えたんでしょ？　私のパンティ」

……完全にバレている。

涼太郎は従順なしもべのように、ふわふわと奈々子のあとに続いて、寝室のほうに行く。

電気をつけなくとも、隣の部屋から漏れる明かりで十分に見える。

ベッドはセミダブルくらいだろうか。そのまわりにはほとんどなにもない、シンプルで飾り気のない寝室だった。

奈々子がベッドに座る。

ミニスカ丈ほどのネグリジェの裾から、チラッと白い三角の布地が太もものつけ根に見えた。

奈々子はクスッと笑って裾を引っ張った。

「見えちゃったね、パンティ」

ちょっとはにかんで恥ずかしそうにしている奈々子は、いつもの凛《りん》としたできる女ではなく、ちょっと甘えるような可愛い小悪魔だった。

涼太郎は鼻の奥をツンとさせながら、ふらふらと隣に座った。

香水やら女の肌の匂いが濃厚だった。

悩ましいほどに成熟した二十八歳の色香《いろか》が、ムンムンと漂ってくる。まばゆいばかりのこの肢体《したい》を、今から抱けるのかと思うと全身が震えた。

「セクシーでしょう？　これ、ランジェリースリップっていうの」

奈々子はイタズラっぽく、ピンク色の艶々《つやつや》した唇の片端をあげる。

そうしながら、そのスリップの裾をぴらっとめくった。

白いパンティがチラッと覗けた。

「な、な、奈々子さん……」

真っ正面から見つめると、奈々子は……目尻に涙を浮かべていた。

（は？　はあ？　ええ……？）

涼太郎は眉《まゆ》をひそめた。

奈々子は笑っているが、瞳が潤んでいる。

その濡れた瞳が欲情したものではないことくらい、さすがに童貞の涼太郎でも察することができた。

「ねえ、私を……その……思い浮かべてしたんでしょう？」

奈々子が涙を拭いつつ、指で股間に触れてきた。

「あっ……」

それだけで股間がピクリと動く。

「……私をどんなふうにおかずにしてたの？」

「そ、それは……」

奈々子が楽しそうに訊いてくる。

奈々子がジャージ越しに、屹立《きつりつ》をキュッと握った。

「くぅぅ！」

カチカチの根元を握られ、涼太郎は座ったまま大きくのけぞった。

「言いなさいッ」

さらにギュッと強く握りしめられる。

「う、くう……あ、あの……奈々子さんが舐めてくれたり……その、おっぱいを
押しつけたり……」

「セックスはしないの？」

「し、したいですけど……あんまり想像ができなくて」

クスクスと笑いながら、見あげてくる。

涼太郎は息を呑《の》んだ。

「ねえ、私とエッチができるってうれしい？」

「そ、それはもちろん」

涼太郎は何度も頷《うなず》く。

しかし、それを言ったとたんに、奈々子はまた寂しそうな顔をした。

（だ、だめだ……やっぱり事情があるなら、聞かなきゃだめだ）

このまま、ヤルことだってできるだろう。

深入りなんてしないで、この官能的な肉体を味わえばいい。

だけど、やっぱり……放っておけなかった。

「あ、あの……」

「ん？」

奈々子が首をかしげた。

涼太郎は、思いきって言う。

「あ、あの……どうして泣いてるんですか？」

4

その言葉を口にした瞬間に、奈々子はうつむいて肩を震わせた。

やはり、なにかあったのだ。

「別に泣いてなんかないわよ」

奈々子が強がりを言った。なんで強がりだとわかったかというと、まだ目尻に涙がにじんでいたからだった。

涼太郎は意を決して、口を開いた。

「あ、あの……なにがあったかはわからないですけど、あんまり気の迷いであてつけみたいなセックスは、よくないかと……」

奈々子がキッと睨んでくる。

「なあに？　もしかして私に同情してるの？　童貞のくせに、きいたふうな口を利くじゃないの」

涼太郎は狼狽えた。

「す、好きで童貞なんじゃないですよ。俺、高校くらいまではそれでも普通だったんですから。大学で好きな子ができて、その子に裏切られて、それから女性が怖くなっちゃったんです」

「……どういうこと？」

奈々子が訊いてきた。

トラウマを話すつもりはなかったが、ついついしゃべってしまって後悔した。しかし、まだ誰にも話してなかったことを、今なら話してもいいような気がしていた。

「その好きな子に話しかけたいと、その子のいるサークルに入ったのはいいんですけど、全然馴染《なじ》めなくて……そのうちに俺、サークルの連中にいじめられるようになって。それもつらかったんですが、好きだった女の子もいじめる側にまわったんです。で、プツッと糸が切れちゃって。俺、大学を卒業してから七年間、引きこもりだったんです」

奈々子が驚いて見つめてきた。

「そうなの……七年も……えっ、でも今は」

「祖父に言われて、死ぬ気で社会に出てきたんです。初日にほうきで叩かれたんで、いい具合にリラックスできた気がします」

笑わせるつもりはなかった。

だけど、奈々子はクスッと笑ってくれた。

「……私ね、婚約者に逃げられちゃったの」

「えっ……」

今度は涼太郎が驚いた。

こんな美人を振る男がいるのが、信じられなかったのだ。

「結局ね、相手は私のこと本気じゃなかったのよ。でもさ、私の魅力ってそんなもんかなあって、落ち込んでたのよねえ。でもキミがまぶしそうに見てくれたから、ちょっとうれしくなっちゃって」

「俺じゃなくても見ますよ、それは」

「ウフフ、ありがとう。キミ、でもなかなかやるじゃない」

「え？」

よくわからなくて、涼太郎は難しい顔をした。

「話したくない話をして、私を元気づけようとしたんでしょ」

「い、いや別に……ただまあ、こんな引きこもりの底辺の人間もいるからって思ってもらえれば、少しは元気出るかなあって」

「底辺なんて、そんなことないわよ」

奈々子は慈愛《じあい》に満ちた目を向けてきた。

「なにも言わずにいれば、そのまま私とセックスできたのに。キミって、ホントバカね」

呆《あき》れたように言われて、ムッとした。

「まあ、バカですけど……ンンッ」

涼太郎は固まった。

奈々子が顔を近づけて、いきなりキスをしてきたからだ。

（あ、甘い……）

キスは二度目だが、真帆とはまったくやり方が違っていた。

奈々子は激しく、瑞々《みずみず》しい唇を何度も押しつけてくる。

さらには、酔った真帆にされたように、奈々子も舌を差し入れてきた。

「……んんっ……んぅん……」

かすかに鼻奥で声を漏らしつつ、熱い舌が涼太郎の口の中を舐めまわす。

（ああ……奈々子さんと、エッチなキスしてる……）

うっとりしつつ、涼太郎も舌を差し出した。

舌をもつれ合わせるだけで、とろけそうだった。

気持ちよくて瞼《まぶた》を落としそうになるが、それでもなんとか薄目を開けて見ていると、眼前に眉根《まゆね》を寄せた色っぽい美貌がとろけ顔をさらしている。

(奈々子さんも、キスで感じてる……)

そう思うと、ますます興奮が募《つの》る。

涼太郎はモデル風美女の舌を吸いあげて、甘い唾液をすすり飲む。

「んぅん……ッ」

彼女の呼気が荒くなる。

ねちゃっ、ねちゃっ……くちゅ、くちゅ……。

淫靡《いんび》な唾《つば》の音を立てながら、舐めまわしていると、奈々子も同じように涼太郎の舌を吸い、喉《のど》を鳴らして唾液を飲んでくれた。

やがて、ふたりの唇やら舌先まで淫《みだ》らな唾液交換でべとべとになり、息苦しくなって、ようやく音を立てて唇を離した。

「キスは、はじめてじゃないみたいね」

ギクッとした。

「え……い、いや……一度だけ……」

それが先週の真帆とのことだとは、当然ながら言わなかった。

「で、でも……ホントにキスだけなんです。信じてください。風俗も行ったことないし……情けないけど……」

童貞はうそではないと必死に取り繕《つくろ》うと、奈々子は口に手を当てて笑った。

「大丈夫よ。その慌て方を見れば、あー、童貞くんだなってわかるから……」

奈々子が身体を寄せてくる。

サテン地のランジェリースリップが、さらさらとした感触で涼太郎のジャージ姿の身体にこすれてくる。

緩んだ胸元から見える乳輪や、短い裾からチラチラのぞく白いパンティに興奮してしまい、もう素っ裸よりエロい格好にしか思えない。

「緊張しなくていいわよ。もう私、自暴自棄じゃないからね」

切れ長の目を細めて、奈々子が見つめてくる。

「キミを気持ちよくさせてあげたいの。ひとつになりたいし、はじめての女になりたいのよ。私でよければ……ホントよ」

見あげてくる瞳が潤んでいる。

だが先ほどの哀しみに暮れたような、沈んだ表情ではない。

女の欲情を伝えてくるような、うるうるした妖しい双眸《そうぼう》に、涼太郎の胸はときめいた。

「な、奈々子さんっ……」

夢中になって抱きしめて、ベッドに押し倒す。

髪の毛をまとめていたタオルがはずれ、湯あがりの艶髪が、シーツにパアッと広がり、シャンプーの甘い香りが匂い立つ。

「ハア……ハア……な、奈々子さんっ……」

「ウフフ、ねえ、私は逃げないから……ちょっと深呼吸したら」

「ああ、だ、だって……この白いランジェリー姿がエロくて……いい匂いがするし、細いのに柔らかくて抱き心地がよくて、それにおっぱいもすごいし」

興奮して饒舌《じょうぜつ》になってしまう。

なにせ女性を抱きしめたことなんてほとんどないから、こんなに柔らかくて肉感的なものだと思わなかったのだ。

「あんっ、ちょっと、これすごくない……？」

奈々子は目を細めて、右手を涼太郎の股間に持ってきた。

「うっ……！」

ジャージの上からしなやかな指で触れられる。

それだけで、ゾクゾクとした震えが走って、爪先まで痺《しび》れていく。

奈々子の手つきはさらに淫靡になる。

ジャージの上からでも、ペニスの太さや大きさをたしかめるような、いやらしいものに変わっていく。

「すごい硬くなってる……もう出ちゃいそうじゃない？」

奈々子が驚いたような顔をして、見つめてくる。

「は、はひっ、やばいかも……」

「じゃあ、触らないであげる。で……なにからしたいの？」

「な、なにから？」

すっと目が乳房にいく。

奈々子が笑う。

「おっぱい触ってみたいのね？　いいわよ、スリップの肩紐をはずして、脱がしてみて」

言われたとおりに細い肩紐をズラすと、白い下着がくたっと緩んだ。

そのまま一気に引き下げると、大きくて豊かなふくらみが、ぶるんっ、と弾《はず》むようにこぼれ出る。

（うおおお……っ）

はじめて見る女のナマ乳に、身体が震えた。

大きさもさることながら、お椀形《わんがた》のおっぱいがあまりに美しかった。乳首がツンと上向いていて、ハリもある。

乳輪の大きさもいやらしく、乳頭も円柱にせり出していて、薄いピンク色なのがまたそそる。

「ウフッ、いいわよ、好きにして」

奈々子が笑みを漏らして、顔を横にそむけた。

自分が見ていると緊張すると思ったのだろう。その気づかいがうれしかった。

おずおずと手を伸ばし、たわわに実《みの》ったふくらみを優しく揉んだ。

「ん……」

ピクッと奈々子が震えて、目をつむる。

興奮しつつ、今度は力を入れてグイッと揉んだ。

（うわっ……や、柔らかい）

指が乳肉に食い込んでいき、ひしゃげたかと思ったら、すぐに指を押し返してくる。手のひらを目一杯広げても、まったくつかみきれない巨乳に、涼太郎はハアハアと息を荒らげつつ、もっと指に力を入れる。

ぷくっとして、あったかくて柔らかい。はじめてのおっぱいの揉みごたえに震えつつ、さらにモミモミと揉みしだく。

「んくっ……あ、あんっ……」

奈々子がせつなそうに眉をひそめ、顎《あご》を持ちあげる。

反応してくれたのが、うれしかった。

涼太郎はさらに下からすくうように揉んだり、つかんだまま乳肉を、ぷるぷると揺らしたりする。

すると、

「んっ、んんっ……ああんっ……」

手の動きに呼応《こおう》するように、奈々子が身悶《みもだ》える。小さな喘《あえ》ぎ声が、ゾクゾクするほどいやらしい。

さらに揉むと、手のひらに尖りを感じた。

おっぱいの先を見ると、視覚でわかるほどに、乳首がせり出して赤く色づいている。

「いいわよ、私のおっぱい、キミの好きなようにして。吸ったり舐めたりしてみたいんでしょう?」

奈々子が妖しく潤ませた瞳で、真正面から見つめてくる。

思いきって、涼太郎は大きなバストに顔を近づけ、右側の頂点の赤いつぼみにむしゃぶりついた。

「んっ、んくっ……んううんっ」

奈々子の声が今までになく、甘いものに変わった。

涼太郎は奈々子の反応を上目遣《うわめづか》いにうかがいながら、乳輪をぺろぺろ舐めて、屹立した赤い突起《とっき》を口に含んでチューッと吸いあげる。

するとだ。

「あぁん……っ」

奈々子が、顎を大きく持ちあげた。

(え? 感じてる?)

くすぐったそうに見えるが、舌を大きく動かして舐めしゃぶっているうちに、スリップの下腹部が妖しくうねり、白いパンティがもろに見えた。

「き、気持ちよかったですか?」

訊くと、奈々子は小さく頷いた。

「優しいのが、すごくいいわ。でも、もっと強くしてもいいかも」

言われるままに、今度は少し強く乳首をいじった。

指でキュッとつまんだり、乳房をぐにゅっと握ったり……。

「んんっ……あっ……あっ……ウフッ、いいわ……」

すると、ガマンしきれないとばかりに、奈々子がじれったそうに脚をからめてくる。

素肌が気持ちよくて、たまらなかった。

「お、俺も脱いでいいですか？」

「いいわよ、もちろん」

まるで先生のように優しく答えてくれる。

うれしくて、転びそうになりながら慌ててジャージを脱ぎ、少し戸惑いつつもパンツも下ろした。

（うわっ……）

脈が浮き出るほどぎちぎちのペニスが、バネのように飛び出した。

切っ先はもうガマン汁でベタベタして、ピンク色の肉傘《にくかさ》までぐっしょりと濡れまくっている。

「あん、すごいのね……私を犯《おか》したいって、大きくなってる」

股間を見た奈々子が目を細めて、物欲しげに腕を伸ばしてくる。

全裸になった涼太郎は覆《おお》い被《かぶ》さり、パンティ一枚というセクシーな姿になった奈々子に、身体をこすり合わせていく。

「あっ……」

奈々子の太ももに硬いものがこすれ、彼女はねっとりと頬《ほお》を赤らめた。

（ああ、欲しがってるんだ……）

奈々子もその気になってきている。

もっと感じさせたいと、童貞なりに懸命に舌を伸ばし、ねろねろと乳首を舐めまわしていく。

すると、乳首はさらに硬くシコり、

「あ……ああんッ……うんんっ」

と奈々子は気持ちよさそうな声をあげ、パンティ越しの恥丘《ちきゅう》を、すりっ、すりっと、涼太郎の太ももにこすりつけてくる。

こんなキレイな女性が、淫らな姿を見せている。

ますます欲望がふくれあがり、舌をさらに小刻《こきざ》みに動かして、屹立した乳首をねろねろと舐める。

「ううんっ……あ……あっ……」

舐めるにつれて、奈々子の様子が変わってきた。

最初は、

「んっ……んっ……」

と必死に声を押し殺していたようだが、奈々子の乳首が唾液にまみれてぬめぬめとするほどしゃぶりまわすと、

「あっ……あぅぅ、い、いやっ……あっ……ああんっ……」

と、奈々子の口から切れ切れの喘ぎ声があふれ出す。

自分の愛撫《あいぶ》で、奈々子が切羽《せっぱ》つまってきているのがうれしかった。

「あううッ……ああん、上手よ……涼太郎。すごく感じるの……お願いっ、もっと、もっとして……」

奈々子が瞼を半分落とし、とろんとした目で見つめてきた。細眉をハの字に折り曲げて、今にも泣き出しそうな色っぽい表情だ。

（くううっ、感じてる顔、エロいっ）

ますます興奮し、涼太郎は張りつめたおっぱいをすくうように揉みしだき、突

き出た先端を吸う。

すると、奈々子は右手を口元に持っていき、

「ん……んんッ……」

と、再び声を押し殺しながら震えはじめた。

（そうか、隣の部屋に聞こえちゃうから……）

涼太郎はその危うさを理解するも、もう理性はとろけてしまっていた。

聞こえたら、聞こえたときのことだ。

そう思いつつ、涼太郎は奈々子の乳首の先をキュッとつまみあげた。

「あ、あぅぅ！」

奈々子がクンッと顎をそらして、腰を震わせた。爪先をピクピクさせているのが、涼太郎の脚にも伝わってきた。

5

感じたのが恥ずかしいのか、奈々子は必死に顔をそむけている。

栗髪が半分ほど表情を覆い隠していて、それが淫らがましくてたまらない。

（い、いいぞ……ようし……）

さらに乳首を指でいじったり、吸ったりする。

奈々子の身悶えはいっそう激しくなり、くびれきった腰から太ももにかけての妖艶な曲線がさらに際だって、成熟した女の官能美を匂い立たせる。

汗の甘酸っぱい匂いと、生々しいエッチで濃厚な匂いが強くなってきている。

誘われる匂いは……おそらくアソコからだ。

（いよいよ下半身に……）

成熟した女のラインに指を這《は》わせつつ、涼太郎は奈々子の悩ましすぎるくびれ腰を撫でまわし、太ももに手を伸ばす。

「あ……っ！」

内ももに触れると、奈々子がビクッとして、可愛らしく震えた。

さすがに大人の女性らしく、太ももの肉づきはムチッとして、揉むごとに悩ましいたわみを手のひらに伝えてくる。

「だ、だめっ……ち、ちょっと待って……」

パンティに到達しようとした涼太郎の手を、奈々子が押さえつけてきた。

（え？）

思わず奈々子の顔を見る。

彼女は耳まで赤くして、今までうっとりと感じていた表情を一変させ、いやいやと顔を横に振る。

「待って、パンティを脱ぐから」

心がときめくことを言われるが、どうせならばと涼太郎は口を開く。

「お、俺が脱がせてみたいんですけど……だめですか？」

「えっ……」

言われて、モジモジとしていた奈々子だったが、ちらりとこちらの表情を見てから、はあっと大きなため息をついた。

「そんなに期待した目をして……わかったわよ。どうぞ、パンティ脱がせて」

許可をもらったので、そのまま身体をずりずりと下にズラし、今度は太ももから、ヒップに手を忍ばせる。

パンティの上から、尻丘をおずおずと撫でつける。

（おおお……）

シルクのようなパンティの肌触りと、丸々と張りつめた尻肉の触り心地がたまらない。撫でまわしつつ、いよいよパンティに手をかける。

「うう……」

奈々子が悲痛な呻《うめ》きを漏らしながらも、脱がしやすいようにお尻を浮かせてくれた。

そのときだ。

（あ！）

パンティのクロッチに、小さなシミが浮かんでいた。さらに脚を開かせると、ツンと鼻につく発酵臭《はっこうしゅう》が漂ってくる。

（……ぬ、濡れてる。パンティにシミができるほど……そうか、これが恥ずかしかったのか）

興奮した涼太郎は、シミの部分を指でなぞり立てた。

「あああッ……く、くぅぅ、い、いやんっ」

奈々子が太ももをよじり合わせて、それ以上触れないようにする。

「ああ……奈々子さんっ……そんなことしたら、パンティを脱がせられません」

鼻息荒く言うと、

「くうっ……意外とイジワルなのね。い、いいわ……」

開き直ったのか、奈々子は顔をそむけつつ、脚の力を緩めていく。

涼太郎は奈々子の太ももを持って、ぐいっと左右に開かせた。

(おおうっ……)

股間は熱気を帯びて、パンティの生地にワレ目をくっきりと浮き立たせるほどに濡れている。

「ああ……」

奈々子はつらそうに顔を振り、ハアハアとせつなげな喘ぎを漏らす。

「あんっ、わかってるわ。濡れてるんでしょ……早く脱がせて」

モデル風美女がいらだつように言う。

涼太郎は震える手でシミつきパンティに手をかける。

汗や愛蜜を吸ったパンティをくるくると丸め、豊満なヒップを滑り下ろしていく。

「おおっ」

あまりの光景に、涼太郎は目を血走らせる。

充実した太ものつけ根に、生々しいピンクの亀裂が走っている。

(こ、これが……奈々子さんのおまんこ……)

女性器をナマで見たのははじめてだった。

花びらは、無修正のAVで見たような色素の沈着もなく、瑞々しいピンク色を保っている。

中は、剝《む》き身《み》の貝のような肉襞《にくひだ》が赤く色づき、幾重《いくえ》にも身を寄せ合って鎮座《ちんざ》している。濡れ濡れの果肉を見ているだけで股間が昂ぶった。

（な、なんてキレイなんだっ……それに、生々しくてエッチな匂いがする）

「どう？　女性のアソコをナマで見るのは、はじめてなんじゃない？」

顔を赤らめた奈々子が、恥ずかしそうに目を細める。

「は、はひ……」

狼狽えながら、また視線を亀裂に注ぐ。

「幻滅《げんめつ》した？」

「し、しません。むしろ、エロくて……こんなに濡れるんだなって。それになんか濃い匂いが……」

鼻先を近づけると、奈々子が腰を揺する。

「あ、ああ……は、恥ずかしいわっ」

「もっとよく見せてくださいっ、脚を開いてっ」

興奮して言うと、奈々子は「あん、もう……」と顔をそむけつつも、膝《ひざ》をM字に開いていく。

「ううんっ……」

総身が震えている。

相当に恥ずかしいのだろう。

涼太郎は調子に乗って、右手でワレ目をくつろげた。

「ちょっとッ……ああんっ……やだっ」

奈々子は髪を振り乱して、すすり泣く。

(うほっ……)

肉ビラを開ききると、媚肉《びにく》の奥から愛液がじわっとしたたってきた。

プンとした発情の匂いが、涼太郎の興奮をかきたてる。

涼太郎はおそるおそる中指を亀裂に持っていく。

「う……あ……うんッ……」

顔をそむけながら、また奈々子が自分の手の甲で口をふさぐ。

触れるたび、奈々子の腰がじれったそうに動き、花芯《かしん》から熱い蜜がとめどなく湧き出てくる。

内側をいじると小さな穴がある。

中指でグッと押し込むと、グニュッと半ばぐらいまで埋没《まいぼつ》した。

「あ、あんっ」

奈々子が甲高《かんだか》い声を漏らし、ぶるっ、と下半身を震わせた。

(こ、ここだ……ここに入れるんだっ)

膣穴《ちつあな》は狭く、ぐっしょりしている。

指を動かすと粘膜が蠢《うごめ》き、涼太郎の指を軽く咥え込んでくる。

熱くてとろけそうで、柔らかかった。

さらに指を抽送《ちゆうそう》させると、ぐちゅ、ぐちゅ、という熟《う》れた果実をつぶしたような音が立ち、

「あ……あんっ、そ、それっ……あ、あんっ」

悩ましい声を漏らし、奈々子は下腹部を持ちあげる。

その淫らな仕草に涼太郎は興奮しきって、さらに奥まで指を入れる。

「あ、ああっ……そんな、奥までなんてっ」

奈々子が悲鳴をあげ、腰をうねらせた。

「ああ、もうだめっ……ねえ……ねえ……」

奈々子が今にも泣き出しそうな、弱々しい表情を見せてきた。

「も、もう……指じゃなくて……」

「え？　ゆ、指じゃなくて、なんですか」
わからないから訊いたのに、奈々子は涼太郎の肩を叩いてくる。
「い、入れてっ……もう入れてって言ってんのっ」
拗《す》ねたように言いつつも、奈々子は右手で涼太郎の怒張《どちょう》をシゴいてくる。
（い、入れるっ……入れるんだ）
涼太郎は息をつめた。
いよいよ来るべき時が来た。
汗がどっと出て、身体が震える。
奈々子を見る。
テレビで見る女優ばりの整った顔立ちの美人。
しかもおっぱいは大きく、腰がくびれてプロポーションも抜群だ。
そんな美貌が、今は淫らにとろけきっている。
（こ、こんな美人が、俺のはじめての人になるなんて……）
管理人になってよかったとジーンとしながら、腰を進める。
奈々子は仰向《あおむ》けのまま、膝を立てた。
丸見えだった。だが、これなら……と、はち切れんばかりの肉塊を、奈々子の亀裂に押しつける。

（あれ……どこだ……）

何度か亀頭でワレ目をなぞり立てていると、奈々子が手を差し伸べてペニスを握り、誘導してくれた。

「ここよ、ウフッ」

奈々子が目の下を赤らめつつ、微笑んだ。

涼太郎はこくんと頷き、息をつめて一気に腰を入れる。狭い穴がプツッとほつれる感触がして、押し広げながらぬるぬると嵌《は》まり込んだ。

「あっ、あうんっ………」

奈々子が顎を持ちあげて、セクシーな声を漏らす。

（入ってる……俺のが、奈々子さんに……うまくできてるっ！）

これがセックスなんだ。

胸が熱くなる。

ずぶずぶと入れていくと、奈々子の肉の襞がうねうねとペニスにからみついてきて、勝手に奥へと引きずり込んでいく。

「ああッ、お、大きいっ……はあああッ」

女体がググッとそり返る。巨大な乳房が、目の前で揺れた。

涼太郎は歯を食いしばって、ゆっくりと腰を沈めた。少しずつ、少しずつ、いきり勃《た》ったものを、奈々子の身体の中に埋めていく。

「あううっ、お、奥まで……あんっ、だ、だめ……っ」

口では「だめ」と言いつつも、しっかりと膣肉が締めつけてくる。

(うわあ……気持ちいい……)

奈々子の中はもうぐちょぐちょで、熱くとろけそうだった。

ふと奈々子の顔を見れば、目をつむって、挿入《そうにゅう》の感触に酔いしれているようだ。

(奈々子さんに挿入してるっ。童貞を卒業したんだ……)

少し動かすと、奈々子はつらそうに「ううっ」と呻いて眉をひそめ、腕をつかんで見つめてきた。

「あ、あんっ……いいわっ……感じるっ。上手よ」

誘われるままに、上半身を倒して抱きしめる。

奈々子が両手を伸ばしてきた。

おっぱいがこすれて、硬い乳首を感じる。結合がますます深くなっていく。

「ねえ、キスして……」

甘ったるい声が耳をくすぐってくる。

見れば、奈々子は赤い顔をして、栗髪を乱している。匂い立つような色っぽい表情でおねだりをしてくる。

たまらなかった。

つながったまま唇を重ねる。

すぐさま、お互いに舌をからめ合っていく。

「んふっ……んんぅ……んんうっ……」

悩ましい声を漏らし、くちゅくちゅと唾液の音を立てて、いやらしく下品に舌や口を吸いまくると、チンポがますますビンビンになっていく。

気持ちいい。

だけど、もう気を抜けば射精してしまいそうだ、と思うと同時にハッとした。

（まずいっ、ゴムとかしてないや……）

奈々子はなにも言わなかった。

しかし、さすがに中出しはまずいと思った。

「な、奈々子さんっ……出そうですっ」

キスをほどいて、切実な訴えをする。

「まだ動いてもないのに？」

奈々子は驚くも、優しげに微笑んできた。

「少しは動いてみたいんじゃない？」

「でも……中に、奈々子さんの中に出ちゃいます。俺、すごくたくさん出ると思うんです。そんな予感が……」

奈々子はクスクス笑った。

つながっているから、振動がチンポを通じて伝わってくる。

「うそばっかり。本音は、私の中に出したいんでしょう？　中出ししてみたいわよね」

「え？　い、いやそんな……」

刺激的なことを言われて、思わず勃起《ぼっき》に力が入る。

「あんっ！　……ほらあっ……中でビクビクって、うれしそうにオチンチンが動いたわよ。私の中にいっぱい注ぎたいって」

奈々子が上目遣いに見つめてくる。

息を呑むほど色っぽかった。

「いいわよ、中に出しても」

「え？」

「だって、出そうになったら抜くなんて、そんなことできないでしょ？　はじめては気持ちよくなってほしいの。心配しないで、私、できにくい体質だから。ホントよ。だから、気持ちよくなって」

　頬にチュッとキスされる。

　そう言われたら、もう本能のままに動くしかない。

「じ、じゃあ、動かしますっ」

　奈々子をギュッと抱きしめながら、腰を動かした。

「ん、んんぅっ……んううんっ」

　彼女が大きくのけぞった。

　感じてくれている。うれしかった。

「あっ……あっ……いい、いいわっ……いいのよっ、もっと強くしても。好きなようにしていいのよっ、私の身体を味わってっ……」

　優しい言葉をかけられて、抱きしめながら腰を使う。

「くううっ……な、奈々子さんっ」

口づけをし、さらには揺れ弾む乳房を吸い立てる。

その間も激しいピストン運動を繰り返して、奈々子の膣を穿《うが》つ。

「あっ……あっ……い、いいわっ……あんっ、オチンチン、深くて……あんっ、私、感じすぎて、はあああんッ」

奈々子が大きく背をそらし、同時に膣肉が肉竿《にくさお》を締めてくる。

「あっ……強いッ……だめですっ……出ちゃうっ、ああ……」

ガマンしきれなかった。

ペニスが奈々子の中で暴れて、すさまじい勢いでザーメンを放出した。

脳味噌《のうみそ》が溶けてしまうほどの気持ちよさを感じつつ、大量の精子を奈々子の中に注ぎ込んでしまうのだった。

第二章　エプロン未亡人

1

「……ん」
涼太郎はまどろみから醒《さ》めて、ハッとした。
（あれ、朝……？）
カーテンの隙間《すきま》から、朝日が差し込んでいる。
ベッドの上で寝返りを打つと、目の前に奈々子の美しい寝顔があって、ギョッとする。
（ん？　やばっ！　ここ、奈々子さんの部屋だ）
毛布の下は素っ裸のままだった。
見ると、奈々子もどうやら裸のようだ。
深夜に奈々子の部屋に行き、筆下ろしをさせてもらった。

だが、一回では到底終わらずに、合計三回射精したのだった。

しかもだ。

三回ともすべて、奈々子の中に注ぎ込んだ。ナマでの中出し。いわゆる膣内《ちつない》射精である。

思い出すだけで朝から震える。

なんといっても、こんな美人……年下なんだけどお姉さんタイプの、凛《りん》としたモデル風美女と、めくるめく官能を味わったのだから、夢心地だ。

（奈々子さん、すごかったな……）

毛布をわずかにズラすと、ナマのおっぱいが見えた。

あらためて明るいところで見ても、美しいプロポーションだ。

腰のくびれからお尻にかけてのカーブや、肉づきのいい太もも……。

きめ細やかな肌は、どこもかしこもいい匂いがして、最初の相手がこんな極上の美人だと、一生分の女性運を使ったのではないかと怖くなってくる。

眺めていると、奈々子がうーんと伸びをして、目を開けた。

「あっ、おはよ。今何時？」

言われて、枕元のスマホを見る。

「六時半、ですね」

「あら、まだ早かったわね」

何ごともなかったかのように、奈々子がウフフと微笑《ほほえ》んでくる。

（キ、キレイだよな……）

ドキドキして照れてしまう。

それでも……なんだか不思議な感覚だった。

安心するというか、昨日のようなふわふわとした浮ついた気持ちが、なくなっていた。

心が安らいで、穏やかな気持ちだ。

男になった、ということなんだろうか。

「あ、あの……すみませんでした」

「なんで謝るのよ」

「えっ……だって……なんか、落ち込んでいるときに、そこにつけ込むみたいな感じで……」

「そのわりに、三回も射精してきたじゃないの」

奈々子がまた、ウフフと笑う。

間を置かずの三発。童貞丸出しの獣《けもの》じみた性欲に、涼太郎は恥ずかしくなって、顔を熱くする。

「えっ、ま、まあ……それは、その……な、奈々子さんだからです。こんな魅力的な人とエッチできたなんて、ンッ……」

口をふさぐように、奈々子がキスをしてきた。

起き抜けで、歯も磨いてないのにな……と思いつつも、舌をからめていくと、もうそんなことはどうでもよくなって、熱い口づけに変わっていく。

「ん、んふっ……」

昨日はキスをするという行為だけで、頭の中がパニックになっていたが、一晩経《た》って、ほんの少しだけ余裕ができた。

ちらりと目を開けると、うっとりした美貌が間近にあって、気持ちよさそうに自分の口の中を舐めまわしてきていた。

奈々子はキスをほどくと、

「ンフッ……」

と、うれしそうに笑みを漏らし、まるで猫がじゃれるように涼太郎の胸元に顔を埋めてくる。

(か、可愛い……)

照れたような仕草が愛らしかった。

しかし……やはり不思議だ。

昨日は高嶺《たかね》の花だと感じていた女性だが、身体を交《か》わせば「可愛いな」と、まるで自分のもののように思えてくる。

(ああ、これがセックスしたってことなんだ……くうっ！)

身体がビクッと震えた。

奈々子が、勃起《ぼっき》したものを握ってきたからである。

しかもだ。

ただイタズラで触るという感じではなく、しっかりとシゴいてきた。同時に涼太郎の乳首に、ねろねろと舌を這《は》わせてくる。

「うっ……な、奈々子さんっ……そんなことしたら、朝から……したくなっちゃいます」

息を喘《あえ》がせながら言うと、奈々子はねっとりした目で見つめてくる。

「あんっ……だって、昨日の夜の快感が、まだ身体に残ってるんだもん。キミの大きくなったオチンチン見てたら、また欲しくなっちゃった」

甘えるように言いながら、見つめてくる。

すりっすりっと肉竿《にくさお》を指でこすられて、「欲しい」なんて甘えるように言われれば、当然ながらこっちだって欲望が募《つの》っていく。

「奈々子さんッ……」

毛布を剝《は》いで、彼女の脚を強引に開かせる。

恥毛《ちもう》の下のスリットに指を持っていけば、クチュッと音がして、

「あぁんっ……」

とうわずった声を漏らして、脚を震わせる。

(もう濡れてる……)

快感が残っている、というのは本当らしい。

涼太郎は硬くなった屹立《きつりつ》を持ち、奈々子の濡れたとば口に押しつける。

さすがに三回もしたので、入れる場所はわかっている。

グイッと正常位で腰を入れると、

「あぁっ、朝から……お、大きいっ、はあああッ」

女体がググッとそり返る。

何度見ても、男の太いもので貫《つらぬ》かれる瞬間の奈々子の顔は、エロくてたまらな

い。

さらに腰を入れると、媚肉《びにく》がキュッと包み込んできた。

「くっ」

劣情《れつじょう》がこみあげるが、さすがに昨日みたいにすぐにも射精したくなることはない。

少し余裕ができている。

涼太郎は奈々子の表情を見ながら、一気に根元まで貫いた。

「あっ、だめっ……あっ、ああっ……！」

奈々子が短く歓喜の声をあげ、打ち震えた。

もっと感じさせてあげたいと思うが、そんなテクはさすがにまだ持ち合わせていない。せめてもとばかりに、がむしゃらに腰を動かした。

「あ、あ……あんっ、すごい、感じる……奥まで入ってるッ……ああんっ」

ひと突きごとに、奈々子はたわわな乳房を揺らして、愉悦《ゆえつ》の声をあげる。

ピストンしながら身体を丸め、その魅力的なおっぱいにむしゃぶりついて、ちゅぱっ、ちゅぱっ、と吸いあげる。

「あんっ、そ、そんなっ……ううんっ」

奈々子がよがりまくって、顔を左右に振っている。

感じているのだ。

もっと突くと、根元が強烈に締めつけられて、震えるほどの快感が涼太郎の腰を痺《しび》れさせていく。

「奈々子さんっ……気持ちいいですっ」

モデル風美女の肉壺《にくつぼ》は熱く潤《うる》み、大量の花蜜をあふれさせ、抜き差しするたびに、ぐちゅぐちゅと淫《みだ》らな音が高まっていく。

「ああんっ、いい、いいわっ……やだっ、すごく上手になって……ああんっ、だめっ、ああんっ、だめぇぇッ」

愛らしい顔は紅潮《こうちょう》して、肌も桜色に染まっていく。

色っぽくてたまらなかった。

すべてが欲しかった。

そして、もっと奈々子を味わいたくなった。

涼太郎は仰向《あおむ》けの奈々子の背に手を差し入れ、無理矢理に起こす。

すると勃起がにゅるっとはずれてしまう。

奈々子が怪訝《けげん》な顔をした。

「え？　なに……？」

「あの……違う体位でしたくて……奈々子さんが動く感じで……」

経験ある奈々子はピンときたようだ。

「……エッチ。私を上にしてみたいんでしょう？　昨日まで童貞だったくせに」

奈々子が目を細めて見つめてくる。

「上になるのって恥ずかしいのに……覚えてなさいよ」

そう言いつつも、奈々子は諦《あきら》めた顔をする。

涼太郎はあぐらをかくと、奈々子は股を開いて、そのまま上から腰を落としてきた。

バランスを取りながら、右手で肉棒をつかんで位置を調整し、その上に肉穴を押しつけてくる。

「んうっ……」

真っ赤な顔をしたまま、奈々子が尻を落としてくる。

（うわわっ、すごい）

少し離れて奈々子を見ようと、背中のほうに両の手をついた。

後ろにもたれるようにして眺めていると、勃起が奈々子の中にズブズブと入っていくのがはっきりと見えた。

「あぁ……」

奈々子が蹲踞《そんきょ》の姿勢でしゃがんできて、顔を跳ねあげる。

（上からだと、当たり方が全然違う……）

正常位のときより密着感がすさまじかった。

思わず腰をくいと下から突きあげてしまうと、奈々子の身体がバウンドして、

「ひゃんっ！ ち、ちょっと……涼太郎っ」

奈々子が慌てたような顔を見せてきた。

上にされただけでなく、下から腰を突きあげられるなんて思わなかったのだろう。

しかし、はじめての騎乗位でも、やはり男の生殖本能はすごかった。

涼太郎がグイグイと下から突きあげると、

「はううっ、そ、そこっ、あ、当たるっ……やあんっ、こらぁっ、ああん、もうっ、もうっ……」

奈々子は上から睨《にら》んでくるものの、すぐにとろけ顔になって、淫らなよがり声

をあげはじめる。
　こちらもたまらなかった。
「くうう、気持ちいい。奥になんか当たってる感じで……おまんこが吸いつい
て、うねりと締めつけが……」
「ああん、知らないわよっ……言わなくていいからっ」
　奈々子もいよいよ腰を使ってきた。
「おううっ、な、奈々子さんっ」
　ぐちゅぐちゅぐちゅと卑猥《ひわい》な音が大きくなり、愛液が涼太郎の陰毛にまでしたたって
くる。
「あんっ……だめっ、これだめっ……私、すごく気持ちよくなってる。ああん
っ、恥ずかしいわっ……ねえ、ギュッとして」
　耳元で甘くささやかれる。
　どうしたらいいかと思案してから、ＡＶを思い出し、涼太郎は上体を起こして
汗ばんだ女体の腰に手をまわして引き寄せ、ギュッと密着させた。
　おっぱいが押しつぶれる。たしか、対面座位という体位のハズだ。
　汗ばんだ肌と肌をこすり合わせるのがたまらなかった。セックスの匂いが朝か

らムンと立ち籠《こ》める。

さらにギュッと抱きしめた。

恋人同士みたいでうっとりする。奈々子を抱っこしたまま突きあげて、ふたりで口づけを交わす。

「んふっ……んんうっ……ううんっ、涼太郎っ」

キスをほどいて、首に手をまわした奈々子が、うるうるした目でじっと見つめてきた。

「な、奈々子さんっ」

だめだった。本能的にもっと女の奥を突きあげたくなった。ぐいぐいと腰を突きあげて、膣襞《ちつひだ》をこすりあげてしまう。

「ああんっ……あぁっ……そんなにしたら、だめっ、私、だめになるっ」

奈々子もしがみつきながら、腰を動かしてくる。

「くううっ、奈々子さんっ……そんなに動いたらっ」

快感が押し寄せてきた。

涼太郎は歯を食いしばって、怒濤《どとう》の突きあげをしてしまう。

パンパンと肉の打擲音《ちょうちゃくおん》が鳴り響き、汗が飛び散り、シーツを濡らした。

「ああん、だめっ、そんな……ああん、気持ちいい、ああん、すごい。私も、ああん、イク……ああん、イキそうよ」

奈々子が切実な声を高らかに奏《かな》でる。

涼太郎は驚いた。

「イクんですか？　うそ、俺が女性を気持ちよくさせるなんて……」

うれしかった。ただただ女のワレ目に性器を突き立て、ペニスがとろけそうな快楽に酔いしれる。

甘い陶酔《とうすい》感がふくらみ、尿道が爆《は》ぜそうなほど逼迫《ひっぱく》した。

「あんっ、中で、ああんっ、ビクビクしてっ、涼太郎もイキそうなのねっ、あんっ、あんっ……」

奈々子もこちらのギリギリ具合を感じ取ったようだ。

「くうっ、そ、そうですっ。出ちゃいそうです」

汗ばんだ肢体《したい》にしがみつきながら訴えた。

「いいよ、出して。あんっ、あんっ、あんっ、また、たっぷり注いでっ。涼太郎が好きなときに出して。あっ、でも私……あんっ、ひい、イク、イクっ」

奈々子がしがみついてきて、ガクンガクンと腰を揺らす。

（う、うわっ……なんだっ）

腰のうねりが尋常ではなかった。

膣もまるでしぼり取るかのごとく、ギュッと根元を締めつけてきた。

「う、うわわっ……な、奈々子……さんっ、それやばい！　出るっ」

熱いものが迸《ほとばし》った。

猛烈な爆発だった。尿管からせりあがってきた熱い精液が、奈々子の膣奥に注がれていく。

出し尽くして、涼太郎は汗まみれの身体を奈々子に投げ出した。

奈々子に頭を撫《な》でられて、そのまましばらく奈々子の身体をギュッと抱きしめ続けた。

ふとまた、奈々子が少し寂しそうな顔をした。

婚約者のことを思い出したんだろうか。

じゃあ俺が……とはさすがに言えなかった。

なんとなくだが、そういう関係は望んでないと思ったのだ。

奈々子が、見つめてくる。

涼太郎も見つめ返した。

「あの、俺が言うのもなんですけど、元気になってください」

ついついそんな言葉を口にすると、奈々子がフッと笑った。

「バカね……」

そう言って、また口づけをしてくる。

なんだか心が温かくなるような、気持ちのこもった口づけだった。

2

奈々子の部屋からそっと出て、階段を下りていき、一階の管理人室に戻ろうとしたときだった。

管理人室のドアの前に、太った背の低いおばさんがいた。一週間前に涼太郎を痴漢と間違えて、ほうきで叩きまくった村瀬昌代《まさよ》である。

「ああ、いたいた、管理人さん」

昌代が、どすどすと音を立てて近寄ってくる。

「な、なんでしょうか」

涼太郎は身構える。

どうもこのおばさんの妙な貫禄《かんろく》に、いまだ慣れないのだ。

「いやさあ、玄関のポストの開けるところが壊れててね。どうも調子が悪いんだわ。直してもらえん？」

「はあ、どれです？」

ふたりで玄関横にあるポストのところへ行く。

「ほら、これ」

昔ながらの銀色のスチールの集合住宅用ポストである。

昌代が三〇三号室のポストの扉を開くと、がたんと音がして扉がはずれた。

「毎回これ。もうめんどくさくて」

言われて見てみると、蝶番《ちようつがい》のところがはずれているようである。

「わかりました。あとで直しておきます」

「悪いねえ。それにしてもあんた、しばらく引きこもりだったんだって？」

昌代が、悪びれる様子もなく言ってきた。

「えっ……どうしてそれを」

「大家が言ってたからさあ」

頭が痛くなってきた。

どうも祖父は、デリカシーというものがない。

「社会復帰できてよかったねえ」

昌代が腰をぽんぽんと叩いてきた。

馴《な》れ馴《な》れしい感じもするが、仲よくなれば、いろいろ便宜《べんぎ》を図ってくれそうな人である。

「社会復帰……そうですね、ここで働いていると気が紛《まぎ》れます」

「だろうね、へんなのが多いから」

「へ？」

会話している間に、人相の悪い男が階段から下りてきて頭を下げた。

「おはようございます。ああ、新しい管理人さんやね。田布施竜司《たぶせりゅうじ》といいます。困ったことがあったら、いつでも言ってくれてええでね」

涼太郎は震えあがった。

田布施という男の眼光が、やけに鋭かったからだ。

一応、住人にはひととおり挨拶《あいさつ》はすませていたのだが、田布施だけは留守がちだったので、これが初対面である。

「あ、あの川崎涼太郎です。よ、よろしくお願いいたします」

自然な笑顔をつくろうとしたが、ぎこちない笑みになってしまった。

田布施はカタギとは思えぬギラついた笑みを残し、玄関から出ていった。

「今の……田布施さんって」

小声で昌代に尋ねる。

「会ったことなかった？　元ヤクザ」

昌代があっさり言う。

「ヤ、ヤクザ！」

「声が大きいよ。組から足は洗ったっていうから。今はカタギだろうけど、しばらく帰らないときもあるし、なにしてるか、わからないのよねえ。他にもさ、二階に霊媒師《れいばいし》みたいな人いるし。ね、へんなの多いでしょ」

「はあ」

そんな話は聞いてなかったぞ、と涼太郎は憤慨した。

「しかし、よく知ってますね、いろんなこと」

訊《き》くと、昌代が「あたし？」と自分を指差した。

「そりゃまあ、長いしねえ。あんた、知ってる？　ここ意外と女性に人気の物件なのよ」

「一応、聞いてますけど、やっぱり女性はこういうの好きなんですかねえ」

「そりゃそうよ。古い石造りのアパートなんて、そうそうないよ。築四十年にしてはキレイだし」

「なるほど」

やはりこの雰囲気は、女性ウケがいいらしい。

「そうそう、赤カブ漬けたのがあるから、あげるわ。あんた、ひとり暮らしなんだから、ろくなもん食べてないんでしょ？　料理は？」

「あ、してないです。昨日もコンビニとか」

「ご飯ぐらいは炊きなさいよ。ほら、ちょっと来て」

手招きされて、一緒に階段をあがっていく。

今までは、母親がつくってくれていたから普通に手料理を食べていたが、こうして毎日コンビニ弁当だと、手料理は贅沢《ぜいたく》だったんだなあと身に染みる。

二階にあがると突き当たりの部屋の前に、真帆がいた。

タイトスカートに白いブラウス姿でこちらに背を向けて、鍵をかけている。

真帆は腰を折っているから、タイトスカートのヒップがこちらに突き出されている。

（や、やっぱり……いつ見ても、このお尻がたまらないな）

目が吸い寄せられつつ、ため息をついたときだ。

真帆がやってきて「おはよう」と挨拶する。

「真帆ちゃん、考えてくれた？　豊田《とよた》さんのこと」

彼女が「え？」という顔をする。

「ほら、この前言った、あたしの知り合い。会ってみるだけでも悪くないと思うんだけどねえ」

昌代が言いながら、わくわくした顔をする。

会ってみる？　なんの話だろう。

「あの、私ですね……」

ちらっと、涼太郎を見る。

どうやら人がいるところでは、したくない話題らしい。

「なんだい、好きな人でもいるのかい？」

昌代はプライバシーなど関係ないとばかりに、ズケズケと話を続ける。こういうときに、この人のこの性格は便利だ。

(好きな人……真帆さん、そういう人っているのかな)

当然気になる。

なので、涼太郎もニコニコと意味なく笑みを浮かべて、聞き耳を立てる。

真帆が困ったような表情をした。

「いえ、好きな人なんて別に……ただ、まだ気持ちの整理がつかなくて」

「でもさあ、旦那さん亡くなってずいぶん経つよね。死人に操《みさお》を立てるなんて」

「そういうんじゃないんですけど……」

真帆がもじもじする。

どうやら昌代はお節介《せっかい》にも、未亡人の真帆に男をすすめているようだ。

心の中で、涼太郎はムッとする。

「ところでどうしたんです。朝早くからふたりで」

と、真帆が無理に話題をそらしてきた。

「ああ、この人に赤カブ漬けたのを、ちょっと持たせてやろうと思ってさあ。ご飯、コンビニばっかなんだって。身体に悪いわ」

「あら、それは……お料理されないのかしら」

真帆が珍しく話しかけてくれた。

「いえ、まったく」

「あんた、なんで赤くなってるんだよ」

昌代が、ちょっかいをかけてくる。

「べ、別に、赤くなんて」

と言いつつ真帆を見ると、彼女はクスクスと笑っている。

(うわあ、か、可愛いっ)

やはり何度見ても、四十二歳で二十歳《はたち》の娘がいるなんて、到底思えない奇跡の美熟女である。

目がくりっとして大きくて、無邪気で可愛らしい。

ふわっとカールしたミドルレングスの黒髪も艶々《つやつや》していて、角度によっては二十九歳の自分と同じ歳くらいに見える。

(十三歳も年上なんて、うそだろう)

ぼうっと見ていると、昌代が「ああそうだ」と手を叩く。

「真帆ちゃんさあ、料理教えてやったらいいんじゃないの？　この人、実際にやってみせないと、全然しなさそうだし」

「えっ……」

神様のようなありがたい提案に、涼太郎は心をときめかせつつ真帆を見る。

「そんな、いきなりなんてご迷惑ですよ」

真帆が言う。

(ここは、言うんだっ。真帆さんに来てほしいって、言うんだ)

涼太郎はギュッと拳《こぶし》に力を入れる。

「そ、そんなことありません！　真帆さんがつくってくれるなら、なんだって食べますっ」

「なに言ってんだい。あんたがつくるんだよ」

昌代がバシンと腰を叩いてきた。

「あ、そ、そうか」

頭をかく。

真帆がまたクスッと笑ってくれた。

奈々子とエッチして、真帆が料理をつくってくれる。

ここは本当に「幸運を呼ぶお洒落《しゃれ》なアパート」なのかもしれない。

3

この一週間、仕事が手につかなかった。

これほど土曜日が待ち遠しかったことはない。

真帆が食材を持って、料理を教えにこの部屋に来る。それはもうニートだった涼太郎にとっては夢のような話である。

呼び鈴が鳴った。

(き、来たっ)

涼太郎はインターホンで返事をしてから、洗面台でシャツとチノパン姿の自分の姿を映《うつ》し、おかしなところはないかと確認してから玄関のドアを開ける。

「こんにちは、遅くなってごめんなさい」

にっこりと優しい笑みを浮かべている真帆に、顔がにやけそうになるのをこらえるのがやっとだ。

「ど、どうぞ。汚いところですが」

「汚いって、まだ引っ越して一カ月も経ってないでしょう」

真帆は玄関先でウフフと笑った。

(うーん、今日も可愛いな)

クリッとした黒目がちな瞳は、見つめられるだけでときめいてしまう。

玄関で靴を脱ぐ真帆をマジマジと見た。

丸襟《まるえり》が可愛らしい白いブラウスに、裾《すそ》がふわっとしている淡いブルーの膝丈《ひざたけ》スカート。靴を脱ぐ仕草だけで、ゆっさりと揺れるおっぱいは強烈である。

キュートな童顔で、華奢《きゃしゃ》でおっぱいやお尻だけが大きいという、小悪魔ボディが大好物の涼太郎にとっては、まさに真帆は目の前に現れた男の夢なのである。

「お邪魔しますね」

真帆が目の前を通る。

柑橘《かんきつ》系の甘い匂いがふわっと漂い、涼太郎は、もうそれだけでうっとりしてしまう。

「あら、ホントになんにも……お鍋と包丁はあるんでしょ？　まな板は……あっ、これね」

真帆は手際よく棚からまな板を取り出すと、じゃがいもや人参、パックの肉などを並べた。

「カレーにしようと思うんだけど、どうかしら」

「あ、好きです、カレー」

「よかった。カレーはたくさんつくって冷凍しておくといいからね」

母親っぽく優しく言われた。

いや、どちらかというと年齢差では姉くらいか。

彼女はシンクで手を洗い、持ってきたエプロンを身につける。

（おおっ）

胸当てのひらひらした、可愛らしいエプロンだった。

まるで新婚の夫婦のような甘い気持ちになっていると、彼女はこちらに背を向けてシンクで野菜を洗いはじめる。

その後ろ姿に、涼太郎は見惚《みほ》れた。

腰はほっそりしているのに、スカートを盛りあげる尻の丸みが目を見張るほどだった。

「なあに見てるのかしら、はい、隣に来て」

人参を洗いながら、真帆が指示をする。

「手を洗ってから、包丁を持って。え？　包丁ないの？」

「あ、折りたたみのナイフなら」

と出したのは、刃の部分を収納するナイフだった。

「あら、なんでそんなの持ってるの？」

「えっ？　あ、キャ、キャンプをするんで……」

うそだった。

実はいじめられていたときから、ずっと持っていたナイフだ。

もちろん使ったことはないし、使うつもりもないけれど、どうにも持っていないと落ち着かないのだ。

「ああ、なるほど。でも料理向きではないわねえ。よかったわ、念のために包丁を持ってきて」

小さな包丁を渡される。

そういえば、まな板は買ったが包丁は買っていなかった。うっかりしていた。

「野菜の皮剝《かわむ》きは……包丁もないんじゃ、したことないわよねえ」

「ないです」

「じゃあ見ててね」

包丁を手にじゃがいもの皮を剝く真帆は、なんだかうれしそうだった。

「なあに？」

「え、あ……なんか、楽しそうだなって」

「ウフフ、張り合いがあるわね。誰かのためにご飯つくるなんて、久しぶりだもの」

「あ、ああ……なるほど」

ジーンとした。

誰かのために、ご飯……。

真帆のご飯を毎日食べられるなんて、亡くなった旦那に嫉妬《しっと》してしまう。

「あの、この前はごめんね」

「え？」

「痴漢と間違えた日よ。ちゃんと謝ってなかったでしょ」

「い、いいんですよ、別に」

ついつい真帆の唇を見てしまう。

（そうだよ。俺、キスしちゃったんだよな。しかも舌をからめた激しいキスを……）

それだけではない。

真帆の大きなお尻を撫でまわし、あろうことかスカートの中に手を入れて、パンストの上から恥ずかしい部分も……。

思い出すだけで、カアッと全身が熱くなってきた。

（いや、やっぱあれは痴漢です。すみません……）

心の中で詫《わ》びつつ、ドキドキしたままタマネギを洗う。

「恥ずかしいところ見られちゃったわね。あれね、会社の元上司なの。集まりがあって送ってくれたんだけど、家に入れろって……かなり強引な人なのよね」

「そうなんですか」

言いながらハッとして、涼太郎はタマネギをシンクに落とした。

「あのときのこと、覚えてるんですか？　か、かなり酔ってたけど」

慌てて訊いた。

「ところどころね。でも、そこから先は覚えてないんだけど……」

心の底からホッとした。

まあ、あの痴漢行為がすべてバレていたら、こうして料理を教えに来るなんてあるわけないのだが。

「はい、じゃこれを剝いてみて」

じゃがいもを渡された。

「皮剝き器がラクなんだけど、まあなくても剝けるしね」

言われて、見よう見まねでやってみる。

だが真帆がやったように、すいすいと剝くことはできず、じゃがいもの凸凹《でこぼこ》に邪魔されて、剝いているうちにだんだん小さくなってしまう。

真帆が驚いたように、涼太郎の包丁を持つ右手をつかんだ。

「え？」

「危ないでしょう。もっと気をつけて剝かないとだめよ」

「あ、そ、そうか」

今度はもう少し慎重にやるのだが、じゃがいもはますます小さくなっていく。

「おかしいな、なんか食べるところがなくなっていく……」

真帆がクスクスと笑った。

「すみません、うまくいかなくて」

「そうじゃないのよ」

真帆が口に手を当てて、ウフフと思い出し笑いをする。

「似てたのよ。涼太郎くんが、亡くなった夫とね。不器用な包丁の持ち方も、食べるところがなくなっていく、って言い方も」

「あ、ああ……なるほど」

そうか、似てたのかあ。

複雑な心境だった。

「きゃっ、ちょっと」

亡くなった旦那に似てるって言われたことは、好意めいたものがあるような気もするし、一方で、まだ旦那のことを愛しているということもある。

（どっちなんだろうなあ……）

わからないまま、涼太郎は探ってみる。

「あ、あの……旦那さんって、そんなに俺に似てたんでしょうか？」

「いえ、全然」

あらっ、とまた手を切りそうになった。

真帆が慌てて「ちょっと貸して」と涼太郎の手から包丁とじゃがいもを奪い、皮を剝きはじめた。

「もう見てるだけでハラハラしちゃって。じゃあ鍋に油を引いて、タマネギを炒めてもらえるかしら」

言われた分量のサラダオイルを入れ、切ったタマネギを炒めると、いい匂いがしはじめる。

真帆は人参をトントンと、小気味よく切っていく。

「あ、あの……」

横顔に話しかける。

「ん？」

真帆が包丁を使いながら返事をする。

「この間、もう結婚する気がないみたいなこと言ってましたけど……そうなんですか？」

思いきって訊いてみる。

真帆がこちらに顔を向けて言う。

「そうねえ。涼太郎くんって、いくつ？」

「今年二十九です」

「そうか、ひとまわりも下なのね。私ね、もう四十二なのよ。娘も二十歳で、ひとり暮らししてるし」

「はあ」

「こんなおばさんが、再婚なんてねえ」

ニコッと微笑んだ。

その笑顔に、涼太郎はときめいた。

胸の奥が、キュッとなるような感覚だ。

（これ、好きだってことだよな……）

そう思うと、想いがあふれてきた。

「真帆さんがおばさんなんて、そんなことありません。若いし、可愛らしいし」

「ウフフ、ありがとう」

「お世辞じゃないです」

「え？」

真帆が真顔になった。

そのときだった。

鍋が吹きこぼれて、真帆が慌ててコンロの火をとめる。

そして鍋の蓋《ふた》を開けようとして、

「キャッ」

と、真帆が蓋を落としてしまった。

「大変だ」

涼太郎は慌てて、咄嗟《とっさ》に真帆の手を握った。

「平気よ。ちょっと熱くて驚いただけ」

真帆が手を引っ込めようとする。

涼太郎は、その手を離そうとしなかった。いや、離せなかった。

「で、でも、ちゃんと冷やさないと……」

「ホントに大丈夫だから」

(チャンスだ。こんなチャンスはもうないぞ、言え!)

せめて好きだということだけは、伝えたかった。

「真帆さん、俺……す、好き……」

「え?」

告白しようとしたそのとき、真帆が床に転がっていた蓋を踏んで、バランスを崩した。

「キャアッ」

「あ、危ないっ」

咄嗟に腕をつかんだが、体力のない涼太郎はそのまま、真帆と一緒に転んでしまった。

「あつつ、す、すみませ……」

ハッとした。

温かくて、ムニュッと柔らかいものに顔が埋まっている。

真帆の身体のうち、これほどまでに柔らかい部位はひとつしかない。おっぱいだ。

「な、なにをするのッ！」

パーンという音がして、左の頬《ほお》がジンジン痺れる。

見かけによらず強気で、頬を張ってきた真帆に、涼太郎は驚いた。

「……違うんですっ、わざとじゃありません」

「言い訳はいいからっ。お願いっ、早くどいて」

「は、はいっ」

慌ててどこうとしたときだ。

「土曜の昼間っから、なにやってるんだい、あんたら」

すぐ近くで人の声がして、ふたりで顔をあげる。

目の前に昌代が、腕組みをして立っていた。

「うわっ、おばさん。な、なんでいるんですか？」

涼太郎は慌てて真帆から離れる。

昌代がイヒヒと笑った。

「お邪魔だった？」

「そ……」

「そんなわけありませんっ」

涼太郎より早く、真帆が顔を赤らめて鋭く否定する。

「ちょっと転んだだけです。それより、どうしてここにいるんですか」

真帆が訊くと、

「あー、玄関のドアに鍵がかかってなかったから、つい入っちゃったんだよねえ。ほら、美里《みさと》ちゃんが来たからさ、真帆ちゃんを驚かそうかなって」

(美里?)

昌代の後ろから出てきたのは、小柄で愛らしい若い女性であった。

4

(うーむ……とりあえず気持ちだけでも、伝えられたかなあ)

涼太郎は布団に横になりながら、ぼうっと昼間のことを思い描いている。

真剣に見つめ合って、好き……までは言った。

しかし、やはりニートが告白するのは、荷が重かった。

ふいに呼び鈴が鳴った。

「はーい」

インターホンに出てみると、

「すみません、美里です」

「え？　あ、はい」

昼間会った、真帆の娘である。

なんだろうかとすぐにドアを開ける。

「あ、こんばんは」

ショートヘアの愛らしい子が、にこっと微笑んでいる。

デニムのミニスカートに、Tシャツというカジュアルな格好だ。

(似てるなあ、やっぱり)

特に目元がよく似ている。ぱっちりした黒目がちな瞳は、間違いなく母親譲りだと思った。

「あの、これ。涼太郎さんにって」

美里が小さなタッパーを見せてくる。

「ポテサラつくったんで、お裾分《すそわ》け」

「へえっ、ああ、ありがとう」

カレーだけだと、栄養が偏《かたよ》るとでも思われたのだろうか。

なんにせよ、気を使ってくれるのがうれしかった。

「あとね、ビールもらったからって」

と、美里が六缶入りのビールを出してくる。

（飲めないんだけどな。まあでもせっかくだから、もらっておくか）

「いろいろありがとう」

だが、タッパーとビールを受け取っても、美里は帰る素振りを見せず、涼太郎の後ろを覗いてくる。

そして、

「あの、お茶とか、別にいいですから」

と美里は妙なことを言い出した。

「中に入る？」

軽い気持ちで訊いてみた。すると、

「いいんですか？」

待ってましたとばかりに、美里がひょいと涼太郎の脇を抜けて、部屋に入ってくる。

（なんだ、この子は）

母親の真帆は奥ゆかしいタイプだが、どうやら娘の美里は、活発で物怖《ものお》じしない性格のようだった。

美里は勝手にテーブルのところに座り、部屋をきょろきょろと眺めている。

正座しているから、スカートがズリあがって、太ももがきわどいところまで見えていた。健康的な白い太ももだ。

(可愛いし、体形もお母さん譲りでスリムだなあ。モテそうだ)

ただし、おっぱいの大きさは、母親の真帆に軍配があがる。

といっても、美里は美里で十分に女らしいふくらみがある。真帆が大きすぎるのだ。

(いや、なにを考えてるんだ。いけない)

涼太郎は極力いやらしい目を控えて、美里に訊いた。

「コーヒーでいいかな」

「あ、おかまいなく」

美里が軽く頭を下げる。

(自分から入っておいて、なにがおかまいなくなんだか)

涼太郎はカレーの匂いの残るキッチンで湯を沸かし、インスタントの粉をマグカップで溶いて出してやる。

「インスタントしかないけど」

「あ、ありがとう」

涼太郎も座り、ふたりでコーヒーをすすった。

（ホントになんなんだ、この子は）

じっと見つめると、ニッコリ笑い返してくる。

ショートヘアの美少女だが、あまりに馴れ馴れしいので、こちらもそれほど緊張しなかった。

「涼太郎さん、ママのことが好きなの？」

いきなり言われて、涼太郎はコーヒーを噴き出しそうになった。

「がほっ……なっ、なに、いきなり」

「だってぇ、昼間の態度があからさまだったんだもん。ママを見る目がぽうっとして」

「そんな……あからさまだったかな」

なぜか美里には素直に言えた。

「あからさまだったよお。でもさ、なかなか難しいよ。ママってまだパパのこと愛してるから」

「たしかパパが亡くなったのって、五年前に病気で、だよね」

「そだよ」

「五年も前なのに、まだ愛してるんだ」

「うん。ママってさ、美人でしょ」

「え、そりゃあもちろん」

「はっきり言うなあ。それでさ、けっこうママに言い寄ってくる男が多いんだよね」

あの元上司だけじゃないのか。

まあそうだよな、あれだけ可愛い未亡人はなかなかいないし。

「でね、それ全部断ってるからね。中にはよさそうなのもいたのに」

「そうなんだ……」

がっくり肩を落とすと、美里がポンポンと肩を叩いてきた。

「でもさ、涼太郎さんはちょっとパパに似てるとこあるから、他の人よりはアドバンテージありそう」

「え、ホント？　どのへん」

「頼りなさそうなとことか」

はっきり言われて、涼太郎は口を尖《とが》らせる。

美里が笑った。

「アハハ。でもね、ほら、ママって母性本能が強いでしょう？　なんか守ってあげたいような人が好きだって言ってた」

「守ってあげたい人か……」

涼太郎はコーヒーに口をつけながら思った。

それだったら、望みはあるんじゃないだろうか。自分で言うのもなんだが、頼りがいがないことには自信がある。

「少しは脈があるのかなあ」

ぽつりと言うと、美里がうーんと唸《うな》った。

「さあねえ。まああとは、涼太郎次第じゃない？」

早くも呼び捨てにされた。

「俺次第？」

「そう。まあ頑張ってね」

九歳も下の子に励まされた。

でも、娘が味方というのは、かなり大きい。

「でさあ、いろいろ情報をあげたんだから、私の言うことも聞いてよね」

涼太郎は顔を曇らせる。

「なに？」

「今度、私とデートすること」

「は？」

涼太郎は、大きく目を見開いた。

美里がクスクスと笑っている。

「私、気に入ったんだもん、涼太郎のこと。今度、連絡するね。約束」

そう言われて、無理矢理に電話番号を交換させられて、「ごちそうさま」と言って帰っていった。

(な、なんなんだろ)

初対面のその日にいきなりデートしたいと言う人間は、なかなかいないだろう。それとも今の二十歳の子は、こういうのも当たり前なのだろうか。

(それにしても、かなりハードル高いな)

真帆の身持ちは堅そうだが、美里の口ぶりからすると、まったく脈がないとも言えなそうだった。

(頑張ろうっ)

ニートはなんとか脱出できたし、初セックスだってできたのだ。

涼太郎は思いきって、もらった缶ビールを開けて飲んでみた。

苦いだけで、あまり美味《おい》しくなかったが、それでも、二十九歳にして、今さら大人の階段をあがったような気がした。

第三章　せつない看病

1

「ごめんね、飲めないの知らなくて」

意識が朦朧《もうろう》としている中で、真帆の優しい声は穏やかな気持ちにさせられる。

「いや、ホントに俺が悪いんです。飲めないの自分でわかってて、口をつけるなんて……げほっ、げほっ」

喉《のど》が痛くて、咳《せ》き込んでしまう。

自分の声じゃないみたいに、ひどい声だった。

昨日の晩のことだ。

涼太郎はビールを飲んだあと、慣れないアルコールで酔っ払って、そのまま床の上で寝てしまったのだ。

昨日の夜に限って、いつもより気温が低かったようだ。

おかげで、ものの見事に風邪《かぜ》をひいてしまったわけである。

起きるのもだるく感じるほどの重症で、ほとほと困り果てていたときに、ちょうど真帆が尋ねてきてくれたのであった。

「しゃべっちゃだめよ。喉が痛くて、つらいんでしょう？」

涼太郎は布団の中でこくこくと頷《うなず》いた。

真帆がクスッと笑ってから、キッチンのほうに行った。

花柄のワンピースという清楚な格好だが、意外に丈《たけ》が短くて太ももが見えていた。それに生地《きじ》が薄いのか、ヒップの丸みが悩ましかった。

(しかし、まさか真帆さんが看病してくれるなんて……風邪もいいもんだな)

熱にうなされつつも、そんなことを考えてしまう。

真帆が看病してくれているのは、親切心からだと思うのだが、美里が、「他の人よりはアドバンテージありそう」なんて言うもんだから、看病に来たのも親切心だけじゃないのでは？　と邪推《じゃすい》してしまう。

それにしてもだ。

手を握ったときの、あのいい雰囲気はなんだったんだろう。

なにかこちらを意識しているような感じだったけれど。

(まさかなあ……)

と、ぼうっと天井を見ているときだった。

「顔がすごく赤いわ。苦しい？」

真帆がやってきて布団の横に正座し、手のひらを額《ひたい》に当ててきた。

(うう……気持ちいい)

手が冷たいのか、自分が熱っぽいからかわからないが、ひんやりした真帆の手が心地よい。

「熱、またあがってきてないかしら」

美貌がすっと寄ってきたので、涼太郎は思わず目をそらす。

くりっとした黒目がちな瞳に見つめられると、ドキドキして熱があがってしまいそうだ。

四十二歳の未亡人で、この可愛らしさは反則だと思う。

無邪気で可愛い感じは、娘の美里と並んでも姉妹にしか見えないだろう。しかも三十代にすら見えるかどうかという童顔だ。

そのわりに熟女らしい色気も垣間《かいま》見えるのだから、男としてはたまらない。

(どんなふうに年取ったら、こんな感じになるんだろう。マジで知りたいよ)

今の四十代は若いといっても、真帆の可愛らしさは別格だった。

真帆が涼太郎のパジャマのボタンをはずし、体温計を腋《わき》に差し入れてくれた。

目が合わせられないので、つい下を見たときだ。

（あっ）

正座しているから、膝丈《ひざたけ》のワンピースの裾《すそ》がズレあがっている。

ムッチリした肉感的な太ももが、珍しく半ばくらいまで見えていた。しかもその太ももは、横になっている涼太郎の鼻先にある。

ストッキングを穿《は》いていない生脚だった。

（ああ……ふ、太もも……ムチムチだっ）

太ももは静脈が透《す》けそうなほど白く、つけ根のほうはけっこうボリュームがある。

（い、いけない……そんなことを考えては……）

と思うのに、これも男の性《さが》だ。

目の前に美人の太ももがあったら、見るに決まっている。

体温計がピピッと鳴った。

真帆が腋から抜こうと、ちょっと腰をあげたときだ。

くっつけていた膝がわずかに離れ、内ももどころか、ちらりと白いものが見えた。

(今の、真帆さんのパ、パンティだ……)

真帆が視線に気づいたらしく、ハッと膝を閉じた。

「どこを見てるのっ、もうっ。病人でしょう、あなたは……」

「は、はひっ……すみません」

(でも、見えたものは仕方ないよなあ……)

と思いつつ、おとなしく仰向《あおむ》けになって天井を見た。

「三十八度九分、またあがってきたわ。これ、着替えたほうがいいわね。Tシャツとかはどこにあるの？」

「だ、大丈夫……」

がらがら声で断るが、少ししゃべっただけで咳《せき》が出た。

「大丈夫じゃないでしょう？　汗をかいたら着替えないと治らないわよ。どこかしら」

涼太郎が押し入れを指差すと、真帆が押し入れを開けて、ボックスケースから白いTシャツを出してくれた。

（ここまでしてくれるなんて……）

感動していたが、ハッとなった。

まだ、布団の中で股間が大きくなったままなのだ。先ほど見たパンチラのせいで、風邪だというのに下腹部はかなり元気になってしまっている。

「じ、自分で、や、やりますから……」

なんとかそれだけを言うも、熱のせいか身体の節々《ふしぶし》が痛くて、うまく起きあがることができなかった。

「遠慮しなくていいのよ」

真帆が問答無用で、布団を足元までめくったときだ。

パジャマの股間が大きく盛りあがっているのを真帆はちらりと見て、すぐに目をそらした。

涼太郎が慌てて手で隠しても、もう遅かった。

（み、見られた……）

小さくしようとすればするほど、力が入って股間が充血してしまう。

それに、である。

真帆がパジャマを脱がしてくれているから、ちょっと下を見れば、ワンピースの胸元を盛りあげる、たわわなふくらみが揺れているのが目に入る。

それを見てしまったから、股間がどうにもおさまらないのだ。

真帆の顔が強張《こわば》っていた。

(意識してるよな……真帆さん……)

顔を赤くしているくせに、なんでもないふうを装《よそお》っているのが、妙に涼太郎の興奮を煽《あお》ってくる。

首筋を濡らしたタオルで拭《ふ》いてくれているときに、いよいよいたたまれなくなったのか、真帆から注意が入った。

「あ、あのね……そ、それ……どうにかならないのかしら……」

涼太郎は、カッと顔を熱くする。

「す、すみません っ。そんなつもりじゃ……」

「じゃあ、どんなつもりなの？　エッチなこと考えてるんでしょう？」

真帆がまっすぐに見つめてきた。

ちょっと怒っている。

目をそらそうとしたが、これは逆にチャンスだと、涼太郎もうるうるした目で見つめ返した。

「ま、真帆さんのせいですっ。俺、ずっと気になってて……最初に会ったときから、ずっと……優しくて、家庭的で、げほっ、げほっ……」

真帆が身体を横向きにしてくれて、背中をさすってくれた。

「……ねえ、苦しいだろうから、しゃべらないで聞いてね。私、うれしいのよ、あなたみたいな若い子に好きと言われて」

しっかりした真面目なトーンだった。

「若くないですよ、俺……二十九だし。げほっ……」

「若いわよ、二十代なら。こらっ、しゃべらないで聞きなさいって言ったでしょ」

涼太郎は、こくこくと頷いた。

「私、四十二のおばさんで、二十歳《はたち》の子持ちよ。それでもいいって言う人もいるけど、話してるとやっぱり価値観が合わないなあって、わかるのよ。絶対に苦労するし、それに……」

身体を仰向けにされる。

まっすぐに見つめてくる目が優しかった。

「私、まだ亡くなった旦那を愛しているの。ごめんね。きっと気の迷いよ。こんなおばさんなんか……」

「お、俺っ」

それでも、ここで話さないわけにはいかないと思った。

喉が猛烈に痛かった。

「お、俺っ……引きこもりだったんですっ。七年間、ほとんど家から出ないで、もうこのまま生きていくんだと思ってました。げほっ、げほっ」

真帆が驚いた顔で見つめてくる。

涼太郎は咳き込みながら、ティッシュで鼻をかんでから続けた。みっともないけど、今は体裁《ていさい》なんてかまっちゃいられない。

「げほっ……こ、ここに来たら、みんな優しくて……その中でも、あの……真帆さんといるとほっこりして、大げさなんだけど、生きててよかったなあって」

「そんな……ホントに大げさよ。でも、あなたにそんなことが……」

真帆は柔和《にゅうわ》な笑みを浮かべて、涼太郎を見つめてきた。

「私といると、安らぐってホント？」

涼太郎はこくこくと頷く。

真帆は、ふうっとため息をついて、そっと身を寄せてくる。

「……これ、つらいんでしょう？　簡単には元に戻らないのね」

真帆の手が、そっとパジャマ越しの太ももに置かれた。

「えっ？」

未亡人の甘い匂いが、ふわっと漂った。

鼻がつまっていてもなぜかわかる。真帆の濃厚な女の色香《いろか》が、ムンムンと鼻孔を満たしてくる。屹立《きつりつ》がまた硬くなり、パジャマの股間がビクビク震える。

「……なにもしゃべらないでね。お願い」

(え……？)

真帆がパジャマのズボンに手をかけてきた。

同時に正座してくっつけていた膝が左右に開き、ワンピースの裾の奥に、可愛い未亡人の股間を覆《おお》う白い下着が、はっきりと見えた。

(真帆さんのパンティ……今度は完全に見えたっ)

太もものつけ根に真っ白い布が食い込んでいた。

清楚な熟女らしい、飾り気のない生々しい普段使いの下着だ。

クロッチの真ん中が、わずかに窪《くぼ》んでいる。

汗ばんでいて秘肉に張りついているから、おまんこのスジがパンティに浮き立っている。

（み、見えてるの、気づいてるよな……）

真帆がここまで脚を開くなんてありえない。

ということは、わざと見せているのだ。

そうこうしているうちに、ズボンとパンツが引き下ろされた。

（うそ！　えっ、え？）

屹立がバネみたいに飛び出した。異様なほどにそそり勃《た》っている。

真帆は顔を赤らめながら、ほっそりした指を涼太郎の剝《む》き出しのペニスの根元に巻きつけてくる。

（えええ……！）

あの清純そうな真帆が勃起《ぼっき》に触れてきたのだから、驚くのは当然だった。

「ま、真帆さん……」

がらがら声で、名を呼んだ。

彼女は恥ずかしそうに顔をそむけている。

だが、右手の指はしっかりと肉竿《にくさお》を握りしめていた。

（ああ……）

ひんやりした手の感触も気持ちいいが、相手が真帆だということが、興奮をさらに煽る。

寄り添う真帆が、潤《うる》んだ目で見つめてくる。

「こんなおばさんで申しわけないけど……いやだったら、顔を横に振って」

ため息交《ま》じりに言いつつ、男根にからみついた指を、ゆっくりと上下に動かしはじめる。

「んあ……」

思わず声が出た。

根元から先端に向かい、カリ首に触れたところでまた下がっていく。

確実に、男を知っている動きだった。

四十二歳の未亡人なのだから、経験があるのはわかっているのだが、可愛い清楚な人が、淫《みだ》らなことを仕掛けてくるのが信じられない。

「ああ、ど、どうして……」

彼女は答えなかった。

ただ黙って勃起の表皮をゆっくりとこすってきて、涼太郎を快楽に導こうとする。

(真帆さんに、手コキしてもらっている)

もう頭の中が真っ白だった。

「うっ、うう……」

くすぐったさに似たムズムズが、ペニスを熱くさせていく。たまらなくなって、涼太郎はハアハアと喘《あえ》ぎをこぼし、布団をギュッとつかんでいた。

(手コキされるのは二度目だよな……しかも今度は素面《しらふ》で……)

女性の手でチンポをこすられるのは、自分でするよりはるかに快感が大きかった。ましてや相手は憧《あこが》れの女性である。夢のようだ。

(それにしても……どうして……俺のこと……)

憐憫《れんびん》だろうか。

でも、同情でも憐《あわ》れみでも、少なくとも自分のことをいやがっているわけじゃないとわかっただけでうれしい。

涼太郎は至福の気持ちになり、ぼうっとした目で真帆を見る。

真帆は唇を噛《か》みしめて、無言で手を動かしている。

「くっ……ううっ……」

いよいよ高まってきた。腰が痺《しび》れてくる。

下を見れば、鈴口《すずぐち》から透明なガマン汁がこぼれて、真帆の手を汚していた。

しかし、その透明なねっとりした汁が潤滑油《じゅんかつゆ》となって、手を動かすたびに、ねちゃっ、ねちゃっ、といやらしい音が立ち、真帆の指の動きがなめらかになっていく。

「くうう、ま、真帆さんっ……」

気持ちがよかった。

熱があがってきているのか、ぼうっとしてくる。

それでももたらしてくれる快楽の大きさが尋常でないのは、朦朧とした意識の中でもはっきりわかる。

「痛くない？　大丈夫？」

真帆が心配そうに見つめてきた。

「痛くないです……気持ちいいっ。真帆さんに、げほっ、げほっ……こんなことしてもらえるなんて……」

正直な気持ちを吐露《とろ》すると、真帆が妖《あや》しげな目で見つめてくる。

「私なんか、ホントにそんなにたいしたことないのに」

真帆がシゴきながら謙遜《けんそん》する。

そして、次の瞬間……。

敏感な先端が、温かな潤みに触れた。

「え？　おお……うっ……ッ」

ぬるりとした温かい中に、ペニスが包み込まれた。

見れば、自分の脚の間に四《よ》つん這《ば》いになった真帆が、ぷっくりした唇で亀頭部を咥《くわ》え込んでいた。

（こ、これ……フェラチオだ！）

アダルト動画で見たことはある。

可愛らしい熟女の真帆が、真っ赤な顔をして男の性器を咥えている。

その光景があまりに刺激的すぎて、くらくらした。

（し、信じられない……）

薄ピンクの怒張《どちょう》が、美熟女の唇に呑《の》み込まれている。

恥ずかしいのか、真帆は口元を手で隠しているが、大きく頬張《ほおば》る美人の咥え顔を遠目に見ているだけで、ドキドキがとまらなくなる。

「あっ、アッ……ま、真帆さんっ」

涼太郎は叫びながら腰を浮かせた。

真帆が亀頭を咥えながら、舌で、ちゅぷっ、ちゅぷっ、と鈴口を舐めまわしてきたからだ。

さらにだ。

髪をかきあげると、今度は一気に奥まで頬張ってくる。

「うああ……」

会陰《えいん》が引き攣《つ》るほど甘美な震えが襲ってきて、涼太郎は腰をぶるぶると震わせる。

（あ、洗ってないし……それに汗臭《あせくさ》いだろう、俺のチンポなんか……）

そんな不潔なものを舐めてくれる真帆に、ますます愛情が湧《わ》いてくる。

真帆は根元をつかみ、咥えながらゆっくりとだが、顔を前後に振りはじめた。

「くぅぅ……」

あまりの気持ちよさに、涼太郎は天を仰《あお》いだ。

「んっ、んっ」

鼻から甘い息を漏らしながら、未亡人が唇を滑らせる。

可愛いのに、やはり彼女は元人妻だった。

恥ずかしそうにしながらも、男性器を舐めるのをためらう様子はなく、大胆だった。

「おおおっ……」

出てしまいそうだった。

なんとか歯を食いしばって、涼太郎はガマンした。

もっと欲しかった。

もっともっとエッチなことをしてほしかった。

「んふっ……ううんっ……」

次第に真帆の顔の動きが激しくなり、ねちゃ、ぬちゃっ、と唾液《だえき》をたっぷりとまぶした口ピストンの音が、粘っこいものになっていく。

（くうう……俺のチンポが、真帆さんの口の中に……）

ハアハアと喘ぎながら下腹部を見た。

さらさらした真帆の前髪が陰毛や下腹部を、さわっさわっと撫《な》でている。

ふっくらとした未亡人の口唇《こうしん》が、唾液で濡れ光る肉棒にからみつきながら、前後に妖しく動いている。

「んん……んん……」

息苦しいのか、甘い息が何度も陰毛にかかる。

それでも真帆は顔を打ち振るのをやめず、ぬちゃっ、ぬちゃっ、と淫靡《いんび》な音を立てつつ、唇でシゴいてくる。

「ああ、き、気持ちよすぎますっ……真帆さんっ」

ぜいぜいと息をしながら呻《うめ》く。

すると真帆が亀頭を咥えたまま、上目遣《うわめづか》いに見あげてくる。

視線が重なった瞬間、彼女はうれしそうに目を細めつつ、涼太郎の勃起を口から離した。

「……喉が痛いんでしょ。しゃべっちゃだめよ。いい子にしてて」

優しく言いつつ、再び亀頭に口を被《かぶ》せていく。

(真帆さん……)

あふれる母性に、心までもとろけていく。

これほど献身的な奉仕《ほうし》をされて、彼女を慕《した》う気持ちが強くなる。フェラチオがこれほどまでに気持ちいいものだとは思わなかった。

「ンンッ……」

さらに唇を強く押しつけて、柔らかな表皮をこすられる。

(あったかくて、口の中でホントにとろけそうだ……)

咥えつつ、舌がねろねろと這いまわって、肉竿を唾液まみれにされる。

そしていったん吐き出し、敏感なカリ首や裏筋も丹念に舐められる。

「そ、そこは……」

あまりの気持ちよさに、涼太郎は腰をうねらせる。

涼太郎が感じたことがうれしかったのか、また真帆は顔をあげ、今度は視線をからませつつ、アイスキャンディーのように頬張ってきた。

（真帆さんが……可愛らしい熟女が、男の目を見ながらフェラするなんて……なんてエロい……）

真帆の美貌は汗できらめき、目の下から頬にかけ、ねっとりしたピンク色に染まっている。

（おしゃぶりしながら……真帆さんも興奮してる……）

見れば、ワンピースの尻がじりじりと動いている。なにか欲しがっているような淫靡な動きに、涼太郎の興奮も募《つの》る。

下垂《かすい》したおっぱいが、ゆさゆさ揺れているのも悩ましかった。

と、その興奮がダイレクトに陰部に伝わったようで、

「んんっ……！」

真帆が眉《まゆ》をひそめ、勃起を吐き出した。

「いやだ、もう……すごい、口の中でぴくぴくって……」

「す、すみません……」

かすれ声で謝ると、真帆はクスッと笑い、また大きくO《オー》の字に口を開けて奥まで頬張っていく。

「おおおおッ……」

今度は激しかった。

前後に打ち振られる顔のスピードが速くなり、根元を指で刺激されながら、唾液の音を立てて吸引される。

「んんぅ……んん」

美熟女は唇で表皮をシゴきつつ、口中では舌がちろちろと動いて、鈴口を舐めまわしている。

「うぅぅ、くううう……ああ、そ、そんなにしたら……」

射精への欲望が、こみあげてきていた。

ワンピース越しの豊かなふくらみが、太ももに押しつけられている。

その心地よさもたまらなかった。

「んああ……も、もうだめだ。出ちゃう」

訴えると、真帆は再び、ちゅるっと勃起を口からはずし、

「ンフッ、いいわよ。好きなときに出して。気にしなくていいから……」

そう言って、また頬張ってくる。

柔らかな唇が、ギュッと亀頭を締めつけてくる。

同時によく動く舌で執拗《しつよう》に舐めまわされ、出してはいけないという理性が、あっという間にとろけていく。

自然と自分から腰を押しつけていた。

尿道に熱いものがせりあがっていくのを感じる。

「あ、で、出るッ……くうううううッ！」

次の瞬間、ふわっとした放出感が全身を貫《つらぬ》いた。

「んう……」

真帆は涼太郎の腰に手をまわしつつ、勃起を口から離さなかった。

「あ……真帆さん、だめっ、口に……くぅぅ！」

脳がただれるような激しい射精だ。

精液が尿道から放出されるときの、身体がとろけていくような快感に、ただた

だ涼太郎は、全身を痙攣《けいれん》させることしかできなかった。

「うンンッ……」

真帆がつらそうに眉をひそめる。

それでもペニスから口を離さなかった。

(ああ、真帆さんの口の中に、直《じか》にザーメンが……)

あの青臭《あおくさ》く、どろっとした精液が、真帆の口の中に放たれたはずである。

真帆はようやく勃起から口を離す。

次の瞬間、彼女はギュッと目をつむり、コクンと細い喉を鳴らした。

(うそ……飲んでくれた)

吐き出すとばかり思っていたのに……。

白くてねばっこい、ツンとするような臭《にお》いの精液を、愛らしい未亡人が飲み下してくれた至福は大きかった。

「はあっ……」

真帆が顔をあげる。

息を荒らげて、顔は汗ばみ、真っ赤だった。

真帆はティッシュを取ると、口元に当てて目をつむり、少し苦しげに唾《つば》を呑み込むような仕草をした。

喉にザーメンがからみついているのかもしれない。

そんなことを思うだけで、また興奮で鼻息が荒くなる。

真帆は亀頭を優しくティッシュで拭《ぬぐ》うと、パンツとパジャマの下を丁寧《ていねい》に穿かせてくれた。

「つらいのはおさまったかしら」

まるで母親のように言いながら、真帆は身を寄せてきて、涼太郎の頭を優しく撫でてくれた。

「真帆さん……」

好きだった。

思いきり抱きしめてしまいたかった。

身体はだるいし、ぼうっとしているが、この雰囲気を壊したくなかった。

だが……。

「おーい、管理人くーん」

玄関の外で声がした。

と思ったら、昌代と、妙な格好をした二〇三号室の池田《いけだ》が、どかどかと部屋に入ってきた。

「な、なんですかっ！　げほっ、げほっ」

「あらあ、やっぱりひどいねえ。池田さん、お祓《はら》いしてくれるって。邪気を払えば一発で治るってさ」

昌代がアハハと笑う。

「それでは、病気平癒《へいゆ》のお祓いをさせてもらいますね」

池田は小さな太鼓を取り出して、リズミカルに打ち鳴らしていく。そして耳元で、怪《あや》しげな読経《どきよう》が続いていく。

(ホントに祈禱師《きとうし》だったんだ……)

射精後の気《け》だるさと高熱による朦朧とした感覚に、太鼓の音が心地よくて、意識がゆっくり遠のいていく。

そのおぼろげな意識の中、真帆を見た。

まだ頬が、恥ずかしそうに桜色に染まっている。

(あんなことまでしてくれたんだ……もう俺と真帆さんは……)

熱っぽさにぼんやりしながらも、涼太郎は幸せだった。

2

風邪は三日でけろりと治り、熱も下がって仕事をしていると、祖父から長良川《ながらがわ》に釣りに行こうと誘われた。

祖父なりの全快祝いらしい。

ぶり返したくないから一度は断ったものの、祖父は一度決めたら絶対にやりとおす頑固な性分で、半ば拉致《らち》されるように連れていかれた。

田布施もいたので、断りきれなかったというのもある。

「あの祈禱師はあかんぞ。へんな札とか買わせるからな」

岩場に釣り糸を垂らしながら、祖父が言った。

昨日までの雨で、長良川は本流、支流ともに濁流《だくりゅう》となっている。

支流奥の堰堤《えんてい》は高低差があり、ニジマスなどがよく釣れるらしいが、初心者の涼太郎は朝から竿がピクリとも動かない。

「池田さんは身内には、あこぎなまねはしませんぜ」

横で、田布施が小さな魚を釣りあげた。

「そうなんか……おっ、ニジマスやな」

祖父がうれしそうに言う。

「売りつけるのは、金が余った金持ちにだけです」

針をはずしながら、田布施が言う。

「なんや、まっとうなことやってるんやな」

祖父がガハハと笑う。

(そんなにまっとうとも思えないけど……しかし、いいところだな……)

岐阜市街からクルマで四十分のG町は、自然豊かな城下町だ。

都会とはずいぶん違ってのどかだなと思ったが、よくよく考えれば東京にいたときはあまり外に出ていないので、比べようがないのだと気づいた。

(俺がこんなアウトドアを満喫《まんきつ》してるなんてなあ……)

ニートのときは考えもしなかった。

自分の人生のすべては、アニメとゲームかと思っていた。

だがそれがすべてではないと教えてくれたのは、祖父であり、奈々子であり、真帆のおかげである。

(真帆さん……いけると思ったんだけどなあ……)

情熱的なフェラチオをしてもらい、精液まで飲んでくれた。

もうそこまでいけば、あとはひとつになれるのも時間の問題……だと思っていたのだが、次の日からは、素っ気ない態度で接してきた。

(同情だったのかなあ……せめて、自分に甲斐性《かいしょう》があればなあ)

頼りない男を守ってあげたいタイプらしいが、それでも最低限の男らしさは必要だろう。

例えばだ。

フェラチオしながら、真帆が尻をもじつかせていたのを思い出す。

五年も男日照《おとこひで》りの未亡人である。あれはきっと欲求不満だ。

だけど自分が満足させられる自信なんかまるでなかった。きっとそういうところで奥手になってしまうんだろう。

ミミズをエサに竿を出してみると、当たりがあった。

「やった、きたっ！」

慌てて竿を上げると、手応《てごた》えがなくなった。

どうやら針がはずれたらしい。

「管理人さん、そこはガマンですぜ」

横にいた田布施が、眼光鋭く見つめてくる。

「釣りは恋愛と一緒。餌《えさ》をまき、じっくり待って、ここだ、というタイミングで釣りあげるんでさあ。あせっちゃいけません。魚の気持ちになって釣るんです」

「は、はい……」

「な、なるほど……」

真面目な顔で言われたので、おそらく茶化したわけではないのだろう。

しばらくまた当たりがこなくなった。

手持ち無沙汰《ぶさた》で、田布施を見た。

じっと水面を見つめている。

なんだかそんなに悪い人じゃない気がして、思いきって話しかけた。

「あの……田布施さんって、ご結婚は……」

じろりと睨《にら》まれて、涼太郎は震えあがった。

「す、すみません。プライベートのことなんか訊《き》いて……」

「いいんすよ。結婚はしてないですがね、昔、惚《ほ》れた女はいましたよ」

田布施は糸を垂らしながら、遠くを見た。

「命をかけて惚れた女でしてねえ。俺が懲役かかるまでは、所帯を持とうって言ってたんですが……ずっと待っててくれっていうのも気の毒でね。俺のことは忘れてくれって」

　そう言って、田布施はフッと笑った。

（やっぱりVシネみたいな人だなあ……）

　今どきそんな任侠《にんきょう》話があるんだと、涼太郎はちょっと感動した。

「命をかけてか……すごいな……」

「俺みたいな人相の悪い半端もんなんか、命ぐらいかけて本気で惚れないと、応えてなんかくれません」

「はあ……ちなみに、その人は……今は？」

「連絡は取ってません。ただ風の噂《うわさ》で、まっとうな人間と所帯持って幸せに暮らしてるとか……管理人さんは、好きな人でもいらっしゃるんで？」

「え……ま、まあ……」

　照れながら言うと、田布施が目を細めた。

「本気でぶつかれば、なんとかなりますよ。男はここと、ここです」

　田布施が自分の心臓と股間を指差してから、ニヤッと笑った。

「はあ」

　残念ながら、両方とも自信がない。

「おっ、引いてますぜ」

「え？」

慌てて竿をしっかり握ると、たしかに引きがあった。

「そこはガマンです、管理人さん。魚の気持ちになって駆け引きするんです」

「魚の気持ち……」

ふと真帆のことを思った。

本気でぶつかれば、なんとかなるんだろうか。

（おっ！）

そのときだ。ググッと魚が引っ張った気がした。

思いきって竿をあげると、キレイなニジマスがピチピチと跳ねていた。

「おう……けっこうでかいすね」

田布施が感心する。

「なんや、涼太郎。はじめてのわりには、うまいことやるなあ。意外と器用なんかな。まったく引きこもりなんかもったいないわ」

祖父が、たも網《あみ》を出しながら、いつものようにガハハと笑った。

第四章　深夜のアパート妻

1

六月に入ると、蒸し暑い日が続くようになる。

特に岐阜は中華鍋みたいな盆地の地形なので、熱が籠《こ》もりやすいのだ。隣のT市は、いつも暑さ日本一を埼玉あたりと競《きそ》っている。

「あっつ……」

涼太郎は鎌を持つ手で、額《ひたい》の汗を拭《ぬぐ》った。

まだ朝っぱらだというのに、日差しが強烈に照りつけてくる。

アパートの敷地内には、一応小さな庭のようなものがついており、祖父に命じられて定期的に庭いじりをさせられているのだった。

「くうう、いたたた」

涼太郎は立ちあがって、腰を伸ばした。

草刈りがこんな重労働だと思わなかった。Tシャツの背が汗でぐっしょりだ。涼しい朝のうちにやっておこうかと思ったが、この暑さなら、どの時間帯でも一緒だ。

（まあいいや。終わったら、シャワーでも浴びて……）

「おはようございます」

声をかけられて振り向くと、真帆が出勤しようとしていた。

「あ、おはようございます」

「暑いのに、大変ね」

真帆がにっこりと笑いかけてくる。

「い、いえ……まあ、仕事だし」

「じゃあ、行ってきますね」

「いってらっしゃい」

そう声をかけて、後ろ姿を見つめる。

（ああ……真帆さん……）

フェラチオされた次の日から、真帆の「おはよう」が「おはようございます」に戻ってしまった。

最初は照れているのかと思っていた。

しかし、その他人行儀さはいまだ続いており、やはりあれは憐憫《れんびん》だったのかなあと、思わざるをえない。

《本気でぶつかれば、なんとかなりますよ。男はこと、ここです》

田布施の言葉が思い出される。

ハートはまだしも、女を満足させるベッドテクなんかあるわけがない。

ましてや相手は四十二歳の未亡人だ。

経験豊富に決まっている。あのフェラチオだって……。

考えているとムラムラしてきた。朝からヌキたくなってくる。

真面目にやろうとしゃがんだときだった。

（お……）

少し離れたゴミの集積所に、前屈《まえかが》みになっている女性がいた。

ゴミ袋を整理しているようで、女性はこちらにお尻を向けて作業している。

その腰つきのいやらしさに、涼太郎は目を見張った。

薄ベージュのフレアスカートに、悩ましい尻の丸みが浮かんでいる。

（す、すごいお尻だ……真帆さんより大きい……）

蜂《はち》のように大きく盛りあがる尻のムチムチ具合に、真帆のお尻で欲情していた
涼太郎は、さらに股間を硬くさせてしまう。

ふと女が顔をあげ、こちらを向いた。

「おはようございます」

柔らかく微笑《ほほえ》んだのは、三〇四号室の三嶋綾子《みしまあやこ》。

七歳の娘がいる三十六歳の専業主婦で、旦那も含め三人で暮らしている。

「お、おはようございます」

立ちあがり挨拶《あいさつ》を返すと、彼女がこちらに歩いてくる。

「大変ですね、朝早くから」

「いやあ、キレイにしときたいんで」

涼太郎はアハハと笑う。

もちろん祖父に無理矢理やらされているとは言わなかった。

「でも、朝からそんなに汗まみれで……私、男の人が一生懸命やって汗かいてる
姿って、すごい好きなんです」

「あっ……いやあ、汗臭《あせくさ》くて、すみません」

「いいえぇ」

柔和《にゅうわ》な笑顔にドキッとする。

なにせ綾子は、今どきのふんわりボブヘアが似合う、瓜実顔《うりざねがお》の美人だった。形のよいアーモンド形の双眸《そうぼう》には目力《めぢから》があり、ハーフのような彫《ほ》りの深い目鼻立ち。正統派の美形といっていいだろう。

涼太郎は勝手に「カーサ川崎の三大美人」と見立てて、奈々子や真帆と比べて順位をつけてしまうのだが、色っぽさは綾子がナンバーワンだと思っている。

綾子が玄関に戻っていく。

スタイルは三人のうちで一番ムチムチしている。

(エロい腰つきだよな……まあ、現役の人妻だからなあ)

旦那とも挨拶したことがあるが、かなり細身で、ニートの自分よりも身体つきが華奢《きゃしゃ》に見えた。

(痩《や》せてても性豪って人はいるし……あの熟《う》れたお尻は、相当ヤッてるよなあって……アホか)

朝から下世話なことを考えて、またまた勃《た》ってきた。

ばかばかしいから、再びひとりで草刈りに没頭する。

それにしてもだ。

綾子は誰かに似ている気がするのだが、それがずっと思い出せなくて、小骨が喉《のど》に引っかかっているような気持ちになっている。

例えるなら昔、一度だけ会ったことのある親戚のお姉さんって感じだ。

(あれ?)

ふと、道路を挟んだ向こうから、男がこっちを見ているのに気がついた。

(たしか……真帆さんに言い寄っていた男……津島《つしま》とかいうらしいけど)

男は涼太郎に気づくと、すっと顔を隠すようにして去っていった。

なんだありゃ。一応、真帆に言っておくか。

まあ田布施がいるから、怪《あや》しい男が入ってくれば撃退してくれるだろう。

人頼みなのも情けないが、暴力沙汰《ざた》とは無縁だったから仕方がない。

2

その夜のことだった。

涼太郎は、昌代や田布施たちに近場のスナックに呼び出され、酒は飲まなくていいからと、しこたま食べさせられてカラオケをさせられた。

このままでは何時に帰れるかわからないから、こっそりと抜けてきたのだが、その帰りにアパートの玄関でまた綾子とばったり会った。

綾子は白いサマーニットに短めのショートパンツ、その上にパーカーを羽織《はお》っただけという格好で、燃えないゴミ用の袋を持っていた。

「あっ、こんばんは」

涼太郎が頭を下げると、綾子は妙に慌てた様子を見せる。

「こんばんは。ごめんなさい、ゴミは朝出さないといけないのに」

綾子が持ったまま、階段をあがっていこうとする。

「燃えないゴミですよね。ホントはいけないけど、まあ、口うるさい村瀬のおばさんも、しばらく帰ってこないから大丈夫ですよ」

言うと、綾子が不思議そうに見た。

「あら、ご一緒だったんですか？」

「ええ、全快祝いだって、田布施さんや藤村さんもみんな一緒で。長くなりそうだったんで、逃げ出してきたんです」

「まあ。でも、ここの人たちって仲がいいからびっくりなさったでしょう？　みんな長いから、すっかり顔馴染《なじ》みなんですよ」

「最初は驚いたけど、慣れました。いいですよね、アットホームで」

へんな人が多いけど、という言葉はしまっておいた。

「たしかにアットホームね。まあ、だから私も寂しくないんだけど」

「え？」

涼太郎が聞き返すと、綾子はハッとしたような顔をして、フフッと笑った。

「あ……ほら、都会だと近所付き合いが少ないって言うでしょ」

「ああ、そうですね、たしかに」

家族がいるのに寂しいというのはへんだと思ったが、どうやら勘ぐりすぎだったようだ。

「じゃあ、お言葉に甘えて。今、出しちゃいますね」

「ええ、どうぞ」

綾子が玄関に向かって歩き出したときだった。

袋の中に尖《とが》ったものが入っていたらしく、下のほうが破けて、ゴトッと細いものが床に落ちた。

「あっ、落ちましたよ……」

拾いあげようとして涼太郎はギョッとした。

長細くて黒い物体が、ほぼ男性器そのものの生々しい形をしていたからだ。

（こ、これっ……バイブじゃないかっ）

涼太郎が手を出せずにいると、綾子が慌てて拾いあげて、もう一度袋に押し込んだ。

「あ、あのですねっ……これは……」

綾子の声がうわずっていた。

顔も火が出そうなほど、真っ赤である。

「も、もらったんですっ。友達から……でも、使ったことないし、置いておくのもあれなんで……それで捨てようかなって」

「そ、そうですよね、もちろん……」

涼太郎にも緊張が伝搬《でんぱん》した。

なぜなら、バイブレーターは使い込んであり、一度や二度ためしに使ったという感じでもなかったからだ。

友達が自分の使った中古バイブなど人にあげるわけがない。結論から言うと、この人妻が使ったことに、ほぼ間違いないだろう。

（こんなキレイな奥さんが、バイブで夜な夜な自分を慰《なぐさ》めるなんて。いや、それとも旦那とのＡＶじみたプレイのひとつか？）

ん？　ＡＶ？

涼太郎は恥ずかしそうにしている綾子の顔を見る。

記憶がつながり、ああっ、と思った。

「か、神崎《かんざき》めぐみ……」

ポツリと口にした言葉に、綾子はピクリと反応した。

「な、なんのことですか？」

綾子が見事なまでに狼狽《うろた》えている。

知らない名前なら、ここまで反応することはなかったハズだ。

神崎めぐみは十年ほど前、二作品だけ出演して消えてしまったＡＶ女優である。

ほとんど話題にものぼらなかったから、覚えている人など誰もいないだろうが、涼太郎は好きだったのだ。

(ま、間違いない。雰囲気は変わってるけど、神崎めぐみだ)

当時はもう少しギャルっぽかった気がする。

でもやはり顔立ちは、あのときのままだ。

綾子を見る。当然ながら、隠しておきたいようだった。

ならば、ここで責めてもしょうがなかった。

そこまでして正体を知りたいとも思わなかったし、なにより管理人と住人という関係だからである。

「いえ、なんでもありません。人違いでした。忘れてください」

と、もうその話題には触れないと言ってるのに、綾子はまっすぐに涼太郎を見つめてきた。

なにかを考えているようだった。

怒っているようにも、恥ずかしがっているようにも見える。

「あの……管理人さん」

「は、はい……」

「ちょっと部屋まで、一緒に来ていただけないかしら」

「えっ？」

「今日は夫が出張で……子どもも実家の親が見ているから、ひとりなの。ちょっとそこで話をさせて」

「は、はあ……」

なんだろう。

だが部屋に呼ぶということは、もしかして自分の正体を認めるんじゃないだろうか？

案の定、綾子は部屋に入るなり、

「……まさか、私のこと知ってる人がいるなんて……」

と正体を明かして、恥ずかしげに顔を伏せて身をよじった。

バイブのこともあるので、おそらく逃げきれないと思ったのだろう。

「いや、その……結構好きだったから、ずっと覚えていたんです」

「……前から、気づいてたんですか？」

「いや、たった今です。どこかで見たことあるなあと、引っかかってはいたんですけど」

正直に言った。

綾子は、ハア……と大きなため息をついてから顔をあげる。

「だまされたんです。顔は絶対に出さないからって。友達に誘われて、平気だよって言われて、お金ももらえるし……。でもメーカーの人が顔を出して売っちゃったんです」

そりゃこれだけキレイなら、顔出しで売りたくなるよな……。

綾子が続ける。

「すぐにとめてもらったんですが、回収は無理だと。そのかわりに動画配信とかは全部やめてもらいました。誰も言ってこなかったから、もう大丈夫だと思ってたのに、まさかこんなところに知ってる人がいるなんて」

「すみません……デリカシーなくて……」

と謝りつつ、涼太郎は綾子の身体を盗み見てしまう。

もちろん雰囲気や体形は、十年という歳月で少し変わっているが、着ている服の中身を知っているというのは興奮する。

薄ピンクの小さめの乳首や、腰のくびれや、ヒップの悩ましい丸みを涼太郎は思い出していた。

それどころか、控えめな喘《あえ》ぎ声や感じたときの表情まで……。

こんな美人妻の恥ずかしいところをすべて知っているかと思うと、カアッと顔が熱くなっていく。

どうやら相当いやらしい目つきで見ていたらしい。

綾子が不安げな顔をして、両手を胸のあたりでクロスさせる。

「……どうしたいの？　私のこと……」

「え？　ど、どうしたいって……」

涼太郎が訝《いぶか》しげな顔をするも、綾子は形のよいアーモンドアイを細め、彫りの深い美貌を強張《こわば》らせた。

「あん、自分からは言わないつもりなのね……」

綾子は完全に誤解しているようだった。

恥ずかしそうにうつむき、いやいやしてから、まるで意を決したように顔をあげて涼太郎を見つめてきた。

「あのAVと同じこと、したいんでしょ？」

「へ？」

綾子は目の下をねっとり染めながら、また顔を伏せる。

「わかってるわ……ねえ……それをしたら、私のことを夫には黙っていてくれますね」

「ええ？　い、いや、そんな……」

誤解だ。そんなつもりはないと言おうと思ったのに言葉が出なかった。

頭の中でよこしまな思いが湧《わ》きあがる。

（あの神崎めぐみを、だ、抱ける……）

十年前、何度DVDを観て、オナニーしたことだろう。

唾《つば》をごくんと呑《の》み込んだ。

「い、いいんですか？」

思わず、声を張りあげていた。

綾子はその勢いに驚いたようだが、フウッとため息を漏らすと、

「……わかりました」

と言って、部屋の奥に入っていく。

目でうながされて、涼太郎も後ろについていった。

リビングの隣が寝室だった。

真ん中にベッドがあり、家具などは少ないが、子どもの服が置いてあったりして、人妻という背徳感がにじみ出ていてエロかった。

「じゃあ、そこに寝てください」

綾子に言われるままに、涼太郎は仰向《あおむ》けになった。

（ホ、ホントに……？）

ガチガチに緊張しながら、綾子を見る。

彼女は、白いサマーニットに短めのショートパンツという大胆な部屋着姿で、

ベッドにあがって横に来る。

下から見あげると、ニット越しにも砲弾状《ほうだんじょう》にせり出している乳房の迫力に、圧倒されてしまった。

（おっぱいも……あの頃より大きいっ）

端整な顔立ちと、グラマーさのアンバランスな感じがエロかった。

十年前の若い健康的なお色気ではなく、三十六歳の人妻の色香《いろか》がムンムンと全身からにじみ出てきている。

（いや、でも待てよ……）

管理人と住人の関係で、やはりこれはいけないことだろう。

向こうが積極的ならいいが、無理矢理なんて自分にはできない。

「あ、あの……誤解です」

後ろ髪を引かれる思いで言うと、綾子が「え？」という顔をした。

「そんなつもりで言ったんじゃないです。俺、二度と口にしませんし、誰にも言うつもりはありません」

下になったまま言うと、上になった綾子はフッと笑みを漏らした。

「さっきのアレね……私が使っていたの」

刺激的な告白に、涼太郎はドキドキした。

「夫とはもう、ずいぶんしてないし……だから、いいのよ」

綾子が笑った。

（あ、そうなんだ……）

事情を知って、少し安堵《あんど》したそのとき、綾子の手が伸びてきてズボン越しにイチモツを撫《な》でてくる。

「くっ……」

涼太郎が呻《うめ》いたところをチラリと見つつも、綾子は無表情のまま、ベルトを緩《ゆる》めてファスナーを下げ、涼太郎のズボンをズリ下げた。

（あ、やば……）

くたびれた白いブリーフだった。

けっこう古くから穿《は》いているから汚れもある。特に股間部分は、カウパー液で汚したりするから……。

しかし、綾子はもっこりしたブリーフを見つめると、目を細めていきなりブリーフの上からふくらみを舐めてきた。

（え……？　くうう……）

汚れている白ブリーフの上から、舌で舐められて咥《くわ》えられる様子は、直接舐められるより淫靡《いんび》だった。

ふわっとウェーブした美しい栗色のボブヘア。睫毛《まつげ》の長い色っぽい双眸。ニットを突きあげる豊かなバストに、ムチムチした柔らかそうな太もも。しどけない色気があふれる三十六歳の熟れた人妻だ。

そんな魅力的な女性に、ブリーフをはむはむと咥えられ、ゾクゾクとした痺《しび》れが伝わってくる。

(す、すげえ……)

ハアハアと息を荒らげながら、首だけを綾子に向ける。

ブリーフが唾液《だえき》を吸い、ふくらんだ部分はぐっしょり濡れている。

亀頭がべっとりと張りついて、ブリーフの生地《きじ》に浮き立つほど舐められた。

「ウフッ……」

綾子は妖艶《ようえん》な笑みを見せ、唾液まみれのブリーフを手で下げてくる。

出てきた屹立《きつりつ》を見て、えっ、と綾子が声をあげる。

「やだ……」

照れながらも、白くて細い指をキュッと根元に巻きつけてくる。

かなり恥ずかしがっている。

もしかすると、大きさを旦那と比べたのではないかと、涼太郎は思った。

真帆たちに大きいと言われたのだから、それなりではあるのだろう。

握り込んだ綾子の手が、ゆっくりと上下にこすられる。

最初はソフトタッチで、さわっさわっという感じだが、次第に指でしっかり握って、肉エラの飛び出た裏側にも指を這《は》わせてくる。

「あっ、うう……」

涼太郎が身をよじると、

「敏感なんですね」

と、今度は指で鈴口《すずぐち》を撫でてきた。

くすぐったさが会陰《えいん》に宿《やど》り、涼太郎は顔を振って大きく喘ぐ。

カウパー液があふれてくるのに、綾子はいやがることもなく、まるで潤滑油《じゅんかつゆ》のように塗り込みながらシコシコ動かしてくる。

「ううっ……」

そして、無造作《むぞうさ》にボブヘアをかきあげると、肉柱に顔を寄せて、チュッ、チュッ、とキスをしてから、ねっとりとピンクの舌を這わせてきた。

「ぬおおっ……」

たまらなかった。

なにしろ憧《あこが》れのAV女優だった彼女が人妻となり、さらに色気を増して、上目《うわめ》遣《づか》いに見つめながらペニスを舐めているのだ。

（う、うまい……）

うっとりした目で見つめてきながら、いつもの清楚な雰囲気はなりをひそめて、エロく迫ってくる。

閉めきった部屋は暑くなってきて、綾子は少し汗ばみはじめているようだ。

だがその汗の匂いも、甘い女の匂いと相俟《あいま》ってなんとも悩ましい。

「あんッ、また大きくなってきたわ」

綾子は楽しげに言う。

男が反応するのはうれしいようだった。

綾子は勃起《ぼっき》を握り、本格的に口淫《こういん》をはじめてきた。

肉棒の裏筋に舌を這わせ、根元から先端に向かって、ゆっくりと舐めあげていく。さらには尿道口に舌を走らせたり、カリ首の後ろの部分をちろちろと舐めてきたりする。

「く、ううっ……」

こらえきれない声が漏れ、腰が動くのをとめられない。

温かな舌はまるで生き物のように、ねっとりと勃起を這いずりまわり、涼太郎の陰茎《いんけい》を唾液まみれにしていく。

（ああ、たまらない……）

見ているだけでますます勃起が充実し、欲望が増していく。

「大きいわ……オクチに入るかしら……」

ひとりごとのように呟《つぶや》いた綾子は、おもむろに亀頭に唇を被《かぶ》せてくる。

「おおっ」

柔らかい唇がカリ首を滑り、先端が小さな口に包まれた瞬間、涼太郎はあまりの気持ちよさに腰を浮かせた。

（ああ……と、とろけるっ……）

熱い潤《うる》みと吐息が亀頭を包み込んでいる。

そのまま、ぐっと唇を押しつけて滑らせていくと、肉幹が少しずつ、美人妻の口内に呑み込まれていく。

そうしながら、綾子は見あげてきて、涼太郎と視線をからませる。

（ああ……咥え顔がエロいっ……見つめられながらされるフェラチオって、ゾクゾクする）

綾子は根元をシゴきながら、たっぷりした唾の潤滑油で唇を滑らせ、軽い締めつけで表皮を刺激してくる。

口の中では舌がチロチロとよく動いて、鈴口を舐めてくる。

そしてゆっくりとした調子で、陰毛が唇に届くほど呑み込まれて、先端が喉奥に触れた。

「ああ、そんなに奥まで……」

涼太郎は声をあげながら、天井を仰《あお》ぐ。

気持ちよすぎた。分身は人妻の口の中にずっぽりと埋まり込んでいる。

「んんうう……ううん」

やはり苦しいのだろう。

綾子は眉間《みけん》に縦《たて》ジワを刻《きざ》み、目を閉じつつも、吐き出すことはせずにゆっくりと首を振り続けて、快感を送り込んでくる。

じゅるるッ……じゅるっ……。

たっぷりした唾液の音と、吸いあげる音が交錯《こうさく》する。

「んっ……んっ……」

やがて、鼻にかかった声がリズミカルに聞こえてくる。

ゆっくりだった首振りが、次第に激しさを増してスピーディに肉竿《にくさお》の表皮を刺激してくる。

（真帆さんとは、ずいぶん違うな……）

どちらも一生懸命だが、やはり綾子のほうがうまかった。

唇から現れる自分の亀頭はべとべとの唾液まみれで、蛍光灯《けいこうとう》の光を浴びてねっとり濡れ光っている。

「くううっ……ううっ」

陶酔《とうすい》しきった意識の中で、射精したいという欲求が高まってくる。

このまま出したかった。

綾子の口の中に注ぎ入れたかった。

だが、だめだ。口の中はもったいない。

「あ、ああ……待ってください。も、もう……」

やめてほしくないが、必死の思いでストップをかける。

しかし、綾子は涼太郎のペニスを口から離そうとはしなかった。

それどころか、瞼《まぶた》を半分閉じたうっとりした目つきでイタズラっぽく笑い、さらに首を振り立ててきた。

「あふんっ……んんうっ……んんうっ」

鼻声がいっそう激しくなり、もたらされる快感が強くなる。

見れば、下垂《かすい》したおっぱいが揺れて、Vネックのサマーニットの襟《えり》ぐりからは、ベージュのブラジャーに包まれたふくらみが見えている。

（ああっ、おっぱいすごい）

もう一刻の猶予《ゆうよ》もなくなってきた。

「だ、だめだっ……ま、待って、待ってください！」

それでもなんとか引き剥《は》がして、綾子の口から勃起を離した。

3

綾子はハアハアと肩で息をしながら、口端に垂れたヨダレを指先で拭う。

「もう少しだったんでしょ？　どうして待ってなんて」

うつろな目で、綾子は涼太郎を見つめてくる。

「そ、それは……せっかくなら、セックスを教えてほしくて……」

「え？」

綾子は眉《まゆ》をひそめて、涼太郎を見つめてくる。

「もしかして管理人さん、女性としたことないの？」

「あ、ありますっ。あるけど経験は少なくて……」

まだセックスはひとりだけ、フェラチオはふたりだけとは、さすがに恥ずかしくて言えなかった。

「ふーん」

綾子が、うっとりした目で見つめてくる。

「いいわ、教えてあげる」

そう言いつつ、綾子はサマーニットに手をかける。

「まっ、待って……俺が、脱がしていいですか？」

パンティは脱がしたことがあるが、女性の服を脱がせたことはない。

これからイニシアチブを取っていくなら、自分から脱がせてみたかったのだ。

「教えるって、そういうところからなのね。いいわ……」

入れ替わるように、今度は綾子がベッドに仰向けになる。

（おおう……す、すごい身体だ……）

仰向けでも、たわわなふくらみはボリュームを誇示《こじ》している。

どんな触り心地なのかと興奮を募《つの》らせつつ、豊かな腰つきからムッチリした下半身へと視線を移していく。

（ああ、ムチムチだよ……）

ショートパンツから見える太ももがエロすぎた。

つけ根のところのボリュームは、いかにも熟女らしい太さを見せていて、そこから豊満なヒップに流れるラインが、いやらしいカーブを描いている。

震える指で、サマーニットをめくりあげていく。

地味なベージュのブラジャーに包まれたふくらみの迫力に、涼太郎は目を輝かせる。

さらに背中に手をやって、苦労しながらもブラをはずすと、鏡餅《かがみもち》のような軟乳が、たゆんと揺れてこぼれ落ちた。

くたっとした乳房は、わずかに垂れて左右に広がっていた。そして蘇芳色《すおういろ》の乳輪は大きくて、乳首が陥没《かんぼつ》している。

いやらしいおっぱいに、鼻息を荒くして眺めていると、

「恥ずかしいけど、いいわよ、好きにして……」

と、消え入りそうな声で綾子が告げて、目を伏せる。

目の下はねっとりと赤らみ、呼吸が乱れている。涼太郎の欲情に火がついた。

「あ、綾子さん……」

たまらなくなって、涼太郎は乳房をムニュッとつかんだ。

「あっ……」

綾子が顎《あご》をあげ、目を細めて唇から吐息を漏らす。

（うわわわ……や、柔らかい）

熟れた人妻の乳房は、どこまでも指が沈み込みそうな軟乳だった。

ハリはないが、そのぶん、しっとりした揉《も》みごたえがあり、いびつに形を変えるのがいやらしかった。

さらには下乳からすくうように、ムギュッとふくらみをつかむと、綾子がせつなげに眉を寄せて身をよじらせる。

涼太郎は夢中で人妻の腰を抱き寄せ、たわわに実《みの》る乳房を、ムギュッ、ムギュッと揉みしだき、若い女にはない、乳房のしっとりした柔らかさに酔いしれた。

「ん……ふ……やぁん……すごい……久しぶり……こんなふうに……」

柔らかな表情をしていた綾子が、うっとりとした女の顔になっている。

胸を揉みながら、綾子の紅い唇を奪っていく。

「ンッ！　ンンッ……」

キスされるとは思っていなかったのだろう。下になった綾子が、つらそうに身体を揺すって抗《あらが》ってくる。

だが抵抗はおざなりで、すぐに身体の力が抜けていく。

舌を伸ばして唇を舐めてみると、綾子はわずかに唇を開いてくれた。

ならばと、口唇《こうしん》のあわいに思いきって舌を滑り込ませていく。

「あはんっ……はああンッ」

キスした唇の隙間《すきま》から、綾子が色っぽい声を漏らす。

すぐに綾子のほうからも舌を吸いあげ、情熱的に舐めまわしてきた。

しかもだ。

綾子は涼太郎の頰《ほお》を両手で挟むと、ちゅぷっ、ちゅぷっ、れろっ、れろっ、と音を立てて、積極的に舌をもつれさせてくる。

「んん……ンンッ」

甘い呼気が口腔《こうこう》に入り込む。

果実の香りがした。舌同士をもつれ合わせ、唾液が混ざり合う。

（ああ……とろける。キスってエロい……）

口を吸い合っていると、綾子もハアハアと息が荒くなっていく。

綾子も激しく求めているんだと感じた。

もう遠慮はいらなかった。

涼太郎は汗ばんだ手のひらで、巨乳を揉みしだいた。

指が乳肌に食い込むように何度も揉み込むと、マシュマロのように、おっぱいはいびつに形を変えていく。

「あっ、んっ……あうん」

色っぽい息を吐きながら、人妻のヒップが妖《あや》しくくねる。

腰を持ちあげ、物欲しげに短パンの股間を押しつけてくる。

乳首は縮こまっていたが、指で捏《こ》ねているうちに、むくむくと頭をもたげて硬くなってくる。円柱にせり出した蘇芳色の乳首を、口に含み吸い立てた。

「あんっ……！」

綾子がのけぞり、形の良い顎がクンッと跳ねあがった。

続けざまにチュウチュウと吸うと、綾子は目をギュッと閉じ、口元に手を寄せて恥ずかしそうに腰をくねらせはじめる。

「はあンっ……上手よ……そ、そんなにされたら……」

呼吸を乱した綾子が、うっすら開いた目で、ぼんやりと見つめてくる。

「あんっ、もっとキツくしてっ……はああんっ」

奈々子とは違い、綾子はかなり強くされるのがいいらしい。

涼太郎は尖った乳首をキュッとつまみ、もう片方の乳房をぱっくりと咥えて、舌で乳首を横揺れさせる。

「あっ、ああっ……あああっ……」

綾子はせつなそうに眉を寄せ、ぶるっ、ぶるっ、と震えている。

ショートパンツを穿いた下腹部が、なにかを求めるように、ぐぐっと持ちあがるさまが見えて、涼太郎の股間がさらにみなぎる。

「ね、ねえっ、管理人さんっ」

ハアハアと息を喘がせながら、綾子がまぶしげに見つめてくる。

「上だけじゃなくて、そろそろ……し、下も……」

「えっ……」

涼太郎が目をぱちくりさせると、綾子は恥ずかしそうに顔を赤らめつつ、

「……アソコよ。私のアソコも触ってくれないと……女の人って、感じはじめた

ら、早く触ってほしいって思うものよ」

なるほど、そうなのか。

涼太郎は鼻息荒く、綾子のショートパンツを下ろしていく。

さらに、身体にまとわりついていたニットやブラも脱がせて、ベージュのパンティ一枚にさせ、自分も上を脱いで全裸になった。

（それにしても、綾子さん……ホントに教えてくれるなんて……やっぱり、エッチなことが好きなのかな……）

それとも、人妻というのはどこかで、たまには他の男に抱かれたがっているのだろうか。

ならば思いきりいやらしくいこうと、涼太郎は綾子の脚を強引に開かせ、パンティの脇から指を差し入れて、女性器に指を這わせていく。

「んっ！」

ビクッとして震える綾子を横目に、ぐにゃっと沈み込む部分をさらに指でこすれば、

「あああっ……そ、そこっ……」

綾子が腰を浮かせて、ブリッジするような格好になる。

おっぱいが揺れるのを口でとらえ、乳首を、ちゅぱっ、ちゅぱっ、と吸い立てながら、指でスリットを撫でていく。

「はっ……んんっ」

夢中で柔らかい部分を撫でると、そこは次第にぬるぬるとしてきて、ついには、ぐちゅ、ぐちゅっ、と音がして、熱いとろみがパンティにシミ出してくる。

「ああんっ、いいわ……濡れちゃう……ああんっ、は、恥ずかしいわっ」

たしかにひどく濡れていた。

蜜があふれるたびに、いやらしい牝《めす》の臭《にお》いがムンと漂い、綾子はますます下腹部を浮かせてくる。もうたまらなかった。

「パ、パンティ、脱がしても？」

言うと、綾子はつらそうな目をして、こくんと頷《うなず》いた。

震える手でパンティを丸めながら脱がし、ムッチリした太ももを開かせる。

M字に開かれた脚の奥に、思ったよりも濃い恥毛《ちもう》がびっしりと生《は》えていて、その下に唇がわずかに開いていた。

色素の沈着したおまんこで、真ん中の切れ目からはピンクの肉層がのぞいている。中は愛液であふれて、ぐちょぐちょだった。

（奈々子さんとは違うな……）

正直、使い込んでいる感じがするが、それこそが人妻であり、人のものを奪う感じがしてエロかった。

おそるおそる、指で亀裂をこすれば、

「ああンッ……」

いよいよ綾子の口から悩ましい媚《こ》びた声がした。

綾子はもう待ちきれないとばかりに、右手でギュッと涼太郎の竿を握り、さらには彼女のほうからキスをせがんでくる。

「ンンッ……ンフッ」

キスをしながら、彼女はさらに下腹部を押しつけてくる。せがむような動きだった。

「あんっ……私、もうっ……」

口づけをほどいた綾子が、くるりと後ろを向いて四《よ》つん這《ば》いになった。

（う、うわっ……）

あまりの光景に、涼太郎は目を見開いた。

視界からハミ出るような巨大なヒップが、こちらに向けて突き出される。

ものすごい尻だった。

「う、後ろからがいいんですね」

「そうよ。私、バックが好きなの……ねえっ……」

豊かな尻が、目の前でくなくなと揺れている。

たまらなかった。

その豊かなヒップを両手でつかみ、ゆっくりと割り開く。

深い尻割れの下部に、しっとりと潤んでいる陰唇《いんしん》が露出している。

花蜜は太ももまでしたたり、生臭《なまぐさ》い魚のような臭《にお》いと、甘酸っぱい女の香りがブレンドしたような芳香《ほうこう》が漂ってくる。

「後ろから……ちょうだい。できる？」

「だめだったら、教えてください……いきますよ」

涼太郎は濡れそぼる陰唇に切っ先を押し当て、ゆっくりと膣内《ちつない》に沈み込ませた。

「あっ……あっ……」

バックから犯《おか》されて、綾子が気持ちよさそうに顎を持ちあげる。

（気持ちいい……）

はじめてのバックに感動しながら、一番太いカリ首の部分をめり込ませる。

「はあっ！」

綾子から悲鳴が漏れ、四つん這いの背中が弓のようにしなった。

とたんに膣がうねり、猛烈な勢いで締めつけてくる。

（くううっ、や、やばいっ……）

締まり具合もすごいが、中の肉襞《にくひだ》がかなり柔らかく、湿ったスポンジで包まれるような心地よさで、早くも射精したい気持ちが湧きあがる。

「くうう、あ、綾子さんっ」

膣中の締めつけと温かさに、涼太郎は夢中になって、バックからピストンしはじめる。ギシッ、ギシッ、とベッドが鳴り、ふたりの汗が飛び散って、ハアハアと湿っぽい吐息が部屋の中で木霊《こだま》する。

「あっ、ああんっ……管理人さんっ、ま、待って」

「えっ」

ハッとしたように我に返り、涼太郎は動きをとめる。

綾子が肩越しに見つめてきた。

「激しすぎっ……もっとゆっくりやってみて……」

「え……あ、はい……」

そういえば、今までは相手のことを考える余裕なんかなかった。

奈々子は好きなようにしていいと言ってくれたが、今度は自分の力で相手を気持ちよくさせてみたかった。

涼太郎は綾子の腰をつかみ、ゆっくりとバックから奥まで挿入《そうにゅう》させた。

「あっ……んんっ……お、奥までっ……届いてっ」

綾子がなめらかな背中をしならせ、ボブヘアを振り乱す。

うなじの白さに惹《ひ》かれ、涼太郎は入れたまま前傾《ぜんけい》し、しがみつくようにしてうなじにキスをしながら、下垂したおっぱいを揉みしだく。

そうしながら、ぐりぐりと股間を押しつけてみる。

すると、切っ先が柔らかな子宮の入り口を圧するのがわかる。

「ああんっ……感じるっ……ああうっ、はううぅん」

次第に綾子の身体の震えが強くなり、喘ぎ声も獣《けもの》じみた大きなものに変わっていく。

(ああ、神崎めぐみだ……あの好きだった女優とセックスしてるっ)

憧れだったセクシー女優に、まさかセックスをレッスンしてもらえるとは。

その感激もひとしおに、じわりじわりと出し入れする。

「くううっ……はああんっ……いい、いいわっ……ああんっ、声、ガマンできないっ、ああんっ」

綾子が肩越しにこちらを見た。

ふわりとウェーブした髪が乱れて、顔を半分隠している。

眉はつらそうに歪《ゆが》んで、今にも泣き出しそうだった。色白の肌は紅潮《こうちょう》し、汗でぬめって、いやらしい匂いを発している。

むっちり肥大化したヒップに、ぱんっぱんっと下腹部をぶつけると、ヒップの肉がぶわわんと押し返してきて、心地よさが倍増する。

「くうう、き、気持ちいいですっ」

「ああんっ、わ、私もよっ……上手よっ、すごくいいっ」

強烈な締めつけに耐えつつ、さらに突き入れると、ヒップがいよいよくねって、涼太郎の下腹部にこすりつけられてきた。

「くうう、そんなに動かしたらっ」

「あんっ、だって、奥がすごく気持ちいいのっ……管理人さんのオチンチン、気持ちいいっ」

淫語を口にしながら尻を振ることで、膣内のペニスが根元から揺さぶられる。

「そんなにしたら……ダメですっ、出ちゃいます」

そう口にしつつも、バックからのピストンはとまらなかった。

人妻の腰を持ち、本能的に激しくしてしまう。

「あんっ、強いっ……ああんっ、でも、いいっ……いいわっ」

膣がキュウッと収縮する。

女性も感極まったときは、激しくしてもいいんだと思いつつ、自分のペニスでなんとか感じさせたいと、ヒップに下腹部をぶつけていく。

「奥に当たるっ……！　ああんっ、気持ちいいッ、いいっ、いいわっ……もうイキそうっ……ねえ、ねえっ」

ちらりとこちらを向いた綾子の顔は、もうとろけきって、口端からヨダレを垂らしながら、目尻に涙を浮かべていた。

（ああっ、こんなにいやらしい顔に……）

自分が感じさせているんだと思うと、至福が宿り、ますますストロークに力がこもっていく。

「あああっ、だめっ……あああっ、イ、イクッ、イクぅぅぅッ！」

手に力が入らないのか、前に突っ伏した女豹《めひょう》のポーズのまま、綾子は腰をガクン、ガクン、と震わせる。

「お、俺も……で、出るっ」

このまま出そうかと思ったが、そこで理性が働いた。

尿道が熱くなった瞬間に、涼太郎はペニスを抜いて、綾子の尻に載せた。

ドクッ、ドクッ、と熱い男汁が噴きあがり、大量のザーメンが飛び散って、綾子の背中や尻にぶっかけてしまうのだった。

4

「やだ、もう……まさかこれを着ることがあるなんて……」

テニスルックの美しい人妻が出てきて、涼太郎はまばたきを忘れた。

白い半袖《はんそで》のポロシャツに、白のスコート。

ポロシャツは薄手で、ベージュの透《す》けにくい色のブラジャーですら、レース部分まで浮いて見えている。

ひらひらのスコートからは、太ももがつけ根まで見えていて、少し屈んだだけで、ちらりとアンダースコートが見えてしまう。

（か、可愛いけど……成熟した大人の女性が着ると、すげぇエロい……）

サイズはぴったりなのに、ポロシャツの胸元はパツパツだ。

しかし、ウエストはキツくもなさそうなので、やはり若い頃よりスタイルがよくなったみたいだった。

「か、可愛いですっ、綾子さん」

「ああんっ……恥ずかしいわ……」

エッチなテニスのユニフォームを着せられた美熟女が、太ももをよじらせつつ、ベッドの前に立つ。

まさか、十年前のＡＶ衣装があるとは思わなかった。

どうやら綾子は物を捨てられない性分らしく、衣装もグッズも使うことなく、押し入れにしまっていたらしい。

「私だけ、こんな……昔のテニスウェアなんて恥ずかしいもの着せて……」

「いや、だってまさか……あるとは思わなかったんですよ」

綾子が恥ずかしそうに顔をあげる。

潤みきった瞳に欲情し、涼太郎のほうから抱きしめてキスをする。

（ああ、なんて柔らかい……）

頭の中がとろけるようだった。

唇を押しつけながら、舌先でちろちろと上唇をなぞれば、

「あぁんっ……」

と、気持ちよさそうな声を漏らし、綾子も舌を伸ばしてくる。

「……うぅんん……」

ざらついた綾子の舌が口中に入り込んできて、大胆に涼太郎の舌にからみつけられる。

（ああ……こんないやらしいキスを……）

昔観たＡＶの記憶が甦《よみがえ》ってきて、気持ちが昂《たか》ぶる。

そして、涼太郎も舌を動かし、ねちゃねちゃと唾液の音をさせて、綾子の唾液をすすり飲んでいく。

「ンフッ……まさか、私のことを覚えているなんて……」

キスをほどいた綾子が、恥ずかしそうに見つめてくる。

「あなたでよかったわ。ねえ、好きな人がいるんでしょう？」

「は、はい……」

このアパートの住人ですとは、さすがに言えない。

「少しはお手伝いできたかしらね……頑張ってね」

またキスをされた。

そのまま涼太郎は、テニスルックの綾子を押し倒し、両脚を大きく開かせて、白いスコートをまくりあげる。

アンダースコートとパンティに指をかけ、片側に寄せて、切っ先で女のワレ目を撫でてやる。

「あ、あんっ……いきなりなの？」

「だって、この格好……たまりませんよ、もう」

ぬるっぬるっとペニスの先を滑らせながら、膣穴に嵌《は》まり込んだ瞬間に、グッと腰を入れていく。

「あっ、あ……ああん……は、入ってくるぅ」

綾子はのけぞり、腰を震わせる。

ゆっくりと言われたけど、だめだった。

白いテニスウェアの人妻を見つめながら、ずんっ、と奥まで貫《つらぬ》いていく。

「はあううっ……！」

先ほどよりも甲高《かんだか》い悲鳴をあげ、綾子は背を浮かせて身体を震わせる。

「くうっ……もうこんなに濡れて……」

おまんこの中はどろどろにとろけていて、今度は正常位だから、また当たる角度が違っていて気持ちよかった。

なによりも顔を見つめながらするのがいい。

「ああ……あ、綾子さんっ……」

ストロークをすると、白いポロシャツの胸がゆっさゆっさと揺れて、臍《へそ》がちらりと見えた。

夢中になってポロシャツをめくりあげ、ベージュのブラジャーをはずし、すでに屹立した乳首に吸いついた。

「あっ、ああ、んっ……いいわっ、ねえ……もう授業はいいわよね。たくさん気持ちよくさせて」

綾子がまっすぐに見つめてくる。

ますますたまらなくなって、涼太郎は身体を丸め、腰を使いながら乳首をチュッと吸い立てて、指でこりこりとつまんでいじる。

「あっ……あんっ……」

綾子が甲高い声を漏らして、ビクンと震える。

乳首を吸いながら、さらにグイグイと腰を入れると、

「はぁ、ああんっ……あ、当たってるっ、そんなにこすっちゃ……あうんっ」

じゅぽっ、じゅぽっ……。

熱い蜜がとろけ出てきて、涼太郎のペニスを包み込んでいく。

「ああ、突いてっ……動かしてっ、もっと深くっ……かき混ぜてぇ……」

歓喜の声を漏らして、綾子が懇願《こんがん》する。

そして、もっと欲しいとばかりに、下腹部を自然と持ちあげてくる。

(俺がここまで、乱れさせてるんだ……)

快楽とともに歓喜が湧き出てくる。

温かな気持ちとともに、興奮はますます募っていき、ピストンの動きはいっそう激しくなっていくのだった。

第五章　女子大生の覚悟

1

快晴である。

雲ひとつない、いかにも初夏らしく澄《す》みわたる空だ。

階段をほうきで掃《は》いていた涼太郎は、腰が痛くなって伸びをした。

ふと、遠く峻険《しゅんけん》な山々の、晩春から初夏へ移り変わる新緑の美しさに目を奪われる。

（でももう梅雨《つゆ》入りか……）

そのあとは本格的な暑さがやってくるだろう。

毎日のように部屋の中でエアコンに当たってばかりの生活では、四季の移り変わりはわからなかった。

あの頃は、たまにコンビニに行くと、夏なのに自分だけ長袖《ながそで》だったなんてこともあった。

今から思うと、不健康極まりなかった。

ようやく人間らしい生活に戻ったのは、やはり祖父のおかげであり、ここの住人たちのおかげである。

だけど……。

はあ、と思わずため息が出る。

奈々子は婚約者とヨリを戻してしまった。

綾子も「浮気をしたら、少し雰囲気が変わったのか、夫が抱いてくれるようになった」と、最近は旦那とべったりで、まるで自分とはなにもなかったという接し方である。

それはまだいい。よくないけど、まあいい。

問題は真帆だった。

いまだ、よそよそしい態度である。

あのとき口で導いてくれたのは、熱のせいで見た幻《まぼろし》なんじゃないかと本気で思うくらいだ。

（いや、うまくいきすぎたんだよな……）

筆下ろし、コスプレエッチ、フェラチオ……。

もう十分じゃないか……。

乱れた心を落ち着かせ、掃除に没頭しようとしたときだ。

「あっ、いた。涼太郎」

下の階からひょっこり現れたのは、真帆の娘の美里だった。

ショートヘアに、クリッとした大きな目。二十歳《はたち》の女子大生らしいあどけない顔立ちをしている。

小柄なのだが、チェックのミニスカートから伸びる脚はほっそりと長く、腰のくびれは折れそうなほどだ。

胸元に大きなフリルのついたブラウスが、可愛らしさに拍車《はくしゃ》をかけている。

(モテそうだなあ、この子)

そんなことを思いつつ、

「どうしたの、今日は。お母さん？」

訊《き》くと、美里はエヘヘとキュートに笑って、首を振る。

「デートでしょ。忘れたの？」

言われて思い出した。

母親である真帆の、さまざまな情報を教えてくれたことと引き換えに、デートする約束だったのだ。

「ちょっと待って。今から？」

「そうよ、昼間は暇《ひま》なんでしょう？　観たい映画があるの」

美里が楽しそうに言う。

（ホント、なんなんだろ、この子……）

《私、気に入ったんだもん、涼太郎のこと》

はじめて会った日にいきなりそんなことを言われたが、しかし、涼太郎が自分の母親を好きなことも、美里は知っているのである。

「いや、でも……」

「いいじゃん、行こうよお……」

腕を取られて引っ張られる。

その際、上から覗くような形になったので、ブラウスの胸元から、キャミソールのようなものに包まれた、小ぶりなふくらみを見てしまう。

（身体は十分に大人なんだよなあ……。こんな可愛い女の子から言い寄ってくれるなんて、学生時代なかったよなあ……）

とはいえ、真帆の娘に手を出すことはできないから、ジレンマだ。

うまくいかないものである。


アパートの最寄りから数駅先のショッピングモール内に、シネコンはあった。

観たい映画というのは、流行の恋愛映画だった。

涼太郎はイマドキの俳優というものに疎《うと》いので、主演の男性がメチャクチャ人気があると聞かされても、はあ、と答えるだけだった。

館内に入り、ほぼ中央の席にふたりは並んで座る。

人気の作品とはいえ、封切りから少し日が経《た》っているし、なにより平日の昼間だから観客は少なかった。

「久しぶり、映画観るのって」

美里がニッコリ微笑《ほほえ》んで見つめてくる。

「そ、そうなんだ……俺も……」

ドキドキした。

電車の中でも近かったから胸をときめかせたが、まだまわりに人がいたから、そこまでではなかった。

だが今は、近くに客がいないので、なんとなくふたりきりの様相だ。

すうっと暗くなっていくと、いっそう緊張感が高まる。

（いや、ただ映画を観るだけだしな……）

俺には真帆さんがいる、なんて思うのだが、ここのところの素っ気ない態度からして、もう脈なんてないのではないかと思いかけている。

だったら、好意を持ってくれている美里のほうがいいんじゃないか？

と、選べる立場でもないのに妄想してしまう。

そのときだ。

美里がすっと右手を伸ばして、涼太郎の手を握ってきた。

（えっ……？）

ギュッと温かい手に包まれて、どうしたらいいかわからなくなる。

（ああ、夢みたいだな……）

こんな可愛い子と手をつないで、映画を観るなんて。

大学に入るまでは、人並みに女の子と会話ぐらいはできたのだ。

だけど大学時代に女性恐怖症になって、人と接するのが怖くなってから、すべてが変わってしまった。

いや、変わったんじゃないな。甘えてたんだな。

「ん？　どうしたの？」

小声で美里が尋ねてくる。

顔が近い。

暗い中だからよく見えないが、ウフフと笑っているようだ。

キュートな美貌と、ショートヘアから立ちのぼるシャンプーの爽《さわ》やかな芳香《ほうこう》に、うっとりしてしまう。

そのうち、美里は肘掛《ひじか》けを畳《たた》み、涼太郎の左腕を抱え込むようにして身を寄せてきた。

（おおう、最近の映画館は、こんな仕組みなのか……）

カップルとか子ども連れ用なのだろう。

（うっ）

左肘が、ふにょっとした柔らかいものに当たり、身体が強張《こわば》った。

ブラウスに包まれた、豊かな胸のふくらみが、左肘に押しつけられていたからである。

意外とボリュームがあるんだなと、神経を集中させると、呼吸するたびに波打つ胸の弾力をつぶさに感じる。

しかもだ。

下を見れば、チェック柄のミニスカートが、かなりきわどいところまでズレあがっていて、暗がりでも太もものつけ根まで見えてしまっている。

どうしても目が離せなくなってきて、ちらちらと見てしまう。

ギリギリのミニスカートなので、あと数センチで魅惑のデルタゾーンが見えてしまいそうだ。

いや、きっとこんな短いスカートだから、中身はパンチラ防止のスパッツかもしれない。

しかし、哀しいかな、パンチラ防止の見せパンやスパッツであっても、男はスカートの奥を見たい生き物なのだ。

結果的におっぱいの柔らかい感触や、ミニスカートの中が気になって、映画の内容などほとんどわからなかった。

(ああ、美里ちゃん……)

触りたかった。

もしかすると、それくらいならOKしてくれるんじゃないかと思ったが、どうしても葛藤《かっとう》してしまう。

そんなこんなで気がつくと、クライマックスシーンだった。

主人公とヒロインがキスをしていた。

予定調和のラブストーリーだなあと思いつつ、横目で美里を見れば、思った以上に真剣に観ているので、可愛いなあと、あらためて感じるのだった。

2

映画館を出ると、夕方だった。

(まいったな、これからどうしたらいいんだろう)

映画が終わったから帰ろうか、というのも、デートならば味気なさすぎる。

幸いショッピングモール内だから、ここでご飯を食べていくのもいいが、はたして初デートがこういうところでいいのかな、と考えてしまう。

どうしたらいいかと困っていたら、美里がふと言い出した。

「ねえ、涼太郎の部屋に行こうよ」

「はい？」

聞き直すと、美里は腕をからめてきた。

「なんで俺の部屋？　それならお母さんの部屋に行けば……」

「ママのことは言わないでいい。ママには黙って行くの」

なんだかいきなり怒り出して、妙な感じがした。

「真帆さんとなんかあったのか？」

「……ケンカしたの」

「ケンカ？」

「そう、家に来るって。だから逃げ出したの」

それだけ言うと、美里は涼太郎を引っ張って、ぐいぐいとショッピングモールの中を歩いていく。

「お、おい……なにがあったんだよ」

訊いても答えなかった。

だが見ていると、いつもの大きくてクリッとした瞳が哀しみに沈んでいて、まあまあ深刻なケンカなのかなと察しがついた。

もっときちんと訊いてみたいが、家庭の問題だから、部外者がこれ以上踏み込むのはよくないだろう。

「そうだ。ご飯つくってあげる」

寄り添いながら、にこっと笑いかけてくる。

「できるのかよ」

「できるわよ。私、ひとり暮らしだもん」

「へええ」

「あっ、信じてないなー。まかせてよ」

と、ウキウキした顔をするので、涼太郎はひどく愛《いと》おしくなる。

(まあ、ご飯つくったあとに、真帆さんのところに戻せばいいか)

有《あ》り体《てい》に言えば、可愛い女子大生にご飯をつくってもらえるのは、かなりうれしい。

真帆の娘でなければ、もっとうれしいけれど。

ショッピングモールは駅と直結しているので、そのままモールから出ることなく改札まで行ける。

駅のホームは帰宅ラッシュで、人があふれるほどだった。

「こんな時間に乗ったことないけど、いや、すごいな」

「まあね、朝もすごいよ」

美里は慣れている感じで、さっさと列に並ぶ。

まわりにいた大学生風の若い男や、スーツのサラリーマンたちが、美里を盗み見るのがわかった。

ショートヘアの似合う小柄な美少女が、ミニスカートで太ももをばっちりと露出しているのだ。見るのは当然だろう。

そして決まって男たちは涼太郎を見て、怪訝《けげん》な顔をする。

（悪かったな、つり合わない冴《さ》えない男で……）

と憤慨しつつ、本当にそうだと思った。

美里にはもっといい男がいるだろうに、なんで自分なんだろう。

平均以下のもうすぐ三十路《みそじ》の頼りない男と、こうして貴重な時間を費《つい》やしているのが理解できなかった。

電車がやってくる。

すでに車両は乗客でいっぱいだった。

電車がホームに着くと、乗客がドアから吐き出され、同じ量の人の塊《かたまり》が乗り込んでいく。

人の波に呑《の》まれながら、涼太郎と美里は反対側のドアまで押し込まれていく。

不快な人いきれの中に入れられて、窒息しそうになる。

小柄な美里は、もっと大変そうだった。

涼太郎はドアを背にして美里と向き合い、発車されるのを待つ。

（おおう……）

他の乗客に押されて、美里が身体を寄せてきた。

甘い女の体臭が、ほのかに漂ってくる。股間がひくひくした。

やっと乗車側のドアが閉まり、電車が動き出す。

美里はうつむいたまま、涼太郎の胸にもたれかかっている。近すぎて、さすがに照れているのだろう。

（いやこれ、たまらないな……）

そのまま女子大生の肉体を抱きしめたくなるのを、涼太郎は懸命にこらえて、ちらりと下を見る。

美里の長い睫毛《まつげ》が閉じられて、そのままもたれかかってくる。

彼女の心臓の鼓動《こどう》が聞こえてきそうだった。

こちらもドクッドクッと心臓の音が強くなり、緊張が高まっていく。

ガタンガタンと急行電車が揺れながら、速度を増していく。

ふいに美里が「あっ」と小さな声を漏らして顔をあげた。

眉《まゆ》をひそめて、いやそうな顔をしている。

（な、なんだ？　あっ……！）

美里のお尻のあたりに、不穏な男の手が見えた。

もぞもぞと動いて、美里のスカート越しに、ヒップを撫《な》でまわしている。

（なっ、痴漢っ）

慌てて美里を引き寄せて、自分と位置を入れ替えた。

美里がドアを背負う形になり、涼太郎は両手をドアについて、美里との間に空間をつくろうとする。

ところが満員の乗客の波には抗《あらが》えず、電車がカーブに差しかかると、背中に相当な圧力がかかり、そのまま美里に身体を押しつける形になる。

しかもだ。

右足が踏ん張りきれずに浮いてしまい、なんとか人の足を踏まずにしようとしたら、美里の脚の間に挟まってしまった。

（や、やばっ……）

右の膝《ひざ》が、美里の太ももをこじ開けてしまっている。

目の下を赤らめた美少女が、じろりと睨《にら》んできた。

涼太郎は身体を丸めて、美里の耳に口を寄せた。

「ち、違うよ。わざとじゃないんだ。ごめん……」

小声で謝りつつ、股間から抜こうと、太ももを動かした。

すると不可抗力で、太ももが美里のスカートをめくってしまう。スカートの中の白いパンティが、チラッと見えた。

（スパッツとかじゃないのか……）

興奮した。でも下着なら余計にまずいと、さらに太ももを動かした。

「あっ……」

美里がピクンッとして、甘い声を漏らす。

太ももがクロッチに触れたのだ。

美里は自分の出した声に驚いて、すぐに右手で自分の口を覆《おお》った。

（か、感じたんだ……）

美里はうつむいたまま震えている。

胸元に美里の息づかいとともに、乳房のふくらみを感じてしまう。

（二十歳でも、女なんだよな。そうだよ、もちろん……）

美少女の艶《つや》っぽい声を聞いて、一気に欲望がもたげてくる。

だめだと思うのに、股間はムクムクと勃《た》ちあがり、美里の腹部に押しつける格好になってしまう。

美里も硬いものを感じたのだろう。もぞもぞとしはじめた。

いかに好意を持った男が相手でも、さすがに公衆の面前でイタズラされるのは恥ずかしいのだろう。

（こ、困ったな……）

美里が羞恥《しゅうち》に顔を赤らめつつ腰を動かすので、その微妙な刺激を受けて、分身がますますいきり勃ってしまう。

まいったな、と思う一方で、このまま太ももを動かして、美里のスカートの奥をこすりあげたい衝動に駆られてくる。

しかし、やはり好きな人の娘に、そんなことをしたらまずい。

高まる欲求を必死に抑《おさ》えていると、また電車が大きく揺れた。

自然と涼太郎の身体も揺れに合わせて動いてしまい、太ももが美里のパンティ越しの柔らかな恥部《ちぶ》をこすりあげてしまう。

「あん……」

湿っぽい女の声が耳に届く。

美里は顔を上気《じょうき》させて、狼狽《うろた》えていた。

しかしだ。

上目遣《うわめづか》いに見つめてきた表情に、涼太郎は息を呑んだ。

なんだか物欲しそうな目をしている。

さらに息づかいは乱れ、涼太郎の腕にしがみついたまま、ついには下半身を微妙に揺すりはじめてきた。

（えっ……？　え？）

美里が自分から腰を動かしてきたのである。

（み、美里ちゃん……？）

パンティのクロッチ部分が、涼太郎の太ももにこすりつけられている。

神経を集中させれば、美里の太もものしなりと、パンティ越しの猥褻《わいせつ》な肉の窪《くぼ》みを、しっかりと感じ取ることができた。

これだけ可愛い子が、そんないやらしいまねをしてきたら、理性を保つなんて無理だった。涼太郎は美里の身体をドアに押しつけつつ、太ももを動かして、パンティ越しの股間をこすりあげた。

「あっ……」

美里の小さな顎《あご》が、わずかに上を向く。

(ああっ、や、柔らかい)

涼太郎は夢中になって痴漢行為をするが、愛らしいショートヘアの美少女もいやがらず、むしろ自分から積極的に腰を揺すって、恥部をこすりつけてきた。

(い、いやらしいな……満員電車の中で、こんなこと……)

しかし、こちらも、もうとまらなかった。

涼太郎は美里の股間に挟まっていた右脚を抜く。

そしてかわりに、美里のミニスカートの中に、すっと右手を差し入れた。

「……!」

美里の顔がハッとあがったが、それも一瞬のことだった。

スカートの中に手を入れられたというのに、抗うことなく、また恥ずかしそうに顔を伏せていく。

(い、いいんだ……いいんだな……)

心臓がバクバクと音を立てている。

痴漢などしたことはないが、人前で可愛い子にイタズラしているかと思うと、股間がひどく疼《うず》く。

興奮したまま、美里の太ももを撫でまわした。

太もものすべすべした感触や、ムッチリした弾力がたまらなかった。

そのまま触っていると、

「んっ……んっ……」

と、あふれそうになる声を嚙《か》み殺して、美里は涼太郎の腕を握りしめてくる。

（ああ……イタズラされているのに、この子は……）

涼太郎は唾《つば》を吞み、そのまま手を太もものつけ根に持っていく。

「あっ……」

美里がビクッと腰を震わせて、喘《あえ》ぎ声を漏らした。

パンティの基底部はムンムンとした熱気を放ち、触れると柔らかく肉が沈み込んでいく。

だめだった。理性がとろけてしまった。

涼太郎は本格的に、指でクロッチの上から肉溝《にくみぞ》を上下にこすりあげる。

「あっ……あっ……」

ショートヘアの美少女は、涼太郎の胸に顔を埋めるようにして何度も喘ぐ。

さらに、こするたび、ビクッ、ビクッ、と美里の震えが伝わってきて、ついには身体を預けるように抱きついてきた。

(う、うわっ……柔らかい)

たまらなくなり、もっと指を動かした。

「んぅ……ンンッ」

美里は漏れ出す声を押し殺しつつ、涼太郎の腕をつかんでいる。身体が震えて、今にもしゃがみ込んでしまいそうだ。

(だ、大丈夫かな……)

美里の息づかいは千々《ちぢ》に乱れて、肩で激しく息をしている。

ショートヘアからのぞくうなじがピンクに染まり、しなやかな肢体《したい》が、ぶるぶると打ち震えている。

その様子に興奮しながら、さらにミニスカートの中をいじる。

すると、

「あっ……あっ……」

美里はうわずった声をかすかに漏らし、腰を微妙に揺らしはじめた。

(えっ?)

さらなる指の刺激を味わおうと、指に股間を押しつけてきたのだ。

（美里ちゃんが……自分から……うそだろ……）

顔をそむけているから表情は見えない。

しかし、相当にいやらしい顔をしているはずだった。

抑えようとしても女の欲望があふれてしまう。そんな美少女の腰の動きに、涼太郎の理性は完全に崩壊した。

3

電車は速度をあげて、次の駅に向かっている。

相変わらず乗客たちの波は大きく、身動きが取れないでいる。

そんな多くの公衆の面前である。

だが、美里はそれにかまわずに、もっとしてとばかりに、腰をこちらの指にすりつけてくる。

まるでふたりだけの世界のようだった。

美少女は、ついに羞恥よりも、快楽を求めはじめてきたのだ。

（だったら……）

もう遠慮はいらなかった。

人差し指と中指の二本の指で、美里のパンティ越しに、亀裂をさらにゆるゆるといじっていく。すると、

「あっ……あっ……」

いよいよ、うわずった喘ぎ声がはっきり聞こえてきた。

美里はハアハアと息づかいを荒くして、涼太郎にしがみつくようにしながら身体を打ち震わせている。

さらにこすると、ついに指先に湿り気を感じた。

（うわっ……パンティ、濡れてきた）

いや、濡れるというレベルではなかった。

美里のパンティのクロッチは、あふれ出てくる蜜を吸い取って、ぬるぬるとぬかるみはじめていた。

（こ、こんなにぐっしょり……）

ガマンできなくなってきた。

思いきってパンティの基底部を横にズラし、指を直《じか》におまんこに触れさせる。

「んっ……！」

美里は声を押し殺し、涼太郎の腕をギュッとつかんでくる。

パンティの中は、想像通りぬるぬるで、すごいことになっていた。

まさかこんな可愛らしい子が、満員電車の中で痴漢じみたイタズラをされて、おまんこをぐっしょり濡らしているなんて……。

涼太郎は、ぬめる陰唇《いんしん》を直に指でかわいがる。

「う……」

美里がビクッとした。

そして真っ赤になって、じっとうつむいている。

そのまま指で亀裂を何度もこすると、

「あふっ……」

噛みしめていた歯列がほどけ、美里の顎が跳ねあがった。さらにこすっていると、

「う、ううん」

悩ましい声があふれ、膝がガクガクと震えてくる。涼太郎の指は、ついに亀裂の上部にあるクリトリスに触れる。

「う、うく……」

美里の震えが大きくなり、ギュッと涼太郎にしがみつく。

温かなとろみが、涼太郎の指をぐっしょりと濡らしていく。その指で美里の亀裂をまさぐりながら、ぐぐっと膣口《ちつぐち》に深く埋めていく。

「あっ！　ああん、そんな……」

美里はハッとしたようにこちらを見つめてきて、泣き顔でイヤイヤする。

だが、美少女のそんなつらそうな顔を見てしまっては、やめるどころかますます責めたくなる。

涼太郎は息を荒らげつつ、ゆっくりと熱い潤《うる》みの中に中指を入れていく。

「だ、だめっ……指……は、入って……くる……」

美里は小声でささやき、涼太郎にしなだれかかって震えている。

緊張の汗がどっと噴き出した。

電車の中で二十歳の女子大生の膣内に、指を入れているのだ。

（……せ、狭いっ）

美里の膣内は、奈々子や綾子の比ではないほど、狭くて窮屈《きゆうくつ》だった。

指で押し広げなければ、奥まで入らないほどだ。

そのとき、電車がガタッと揺れた。横にいた男が、じろっと睨んできた。

（見られたかな……）

それでも、この淫靡《いんび》なイタズラをやめられなかった。

危険すぎるスリルを感じながら、クロッチの横から差し入れた指で、美里の膣の天井をこすりあげる。

「んっ……んんっ……」

美里は甘い吐息を漏らし、ヒップを揺らめかした。

（だめっ、やめてっ……感じちゃうっ……）

見あげてくる美少女の色っぽい表情が、そんなふうに語っている。

涼太郎の理性はもう痺《しび》れきっていて、どうにもならない。

ただ夢中で、美里を感じさせたくなっていた。

鉤状《かぎじょう》に曲げながら指を抜き差しすると、

「くうっ……！」

美里はしがみつきながら、短く感じた声を漏らす。

たまらなかった。

さらに指を出し入れし、ぬちゃ、ぬちゃ、と音を響かせる。

「あっ……あっ……」

美里がうわずった声を漏らしながら、さらに強く腕をつかんでくる。

そのときだった。

美里が顔を涼太郎の胸に埋めながら、ガクッ、ガクッ、と大きく震えたのだ。

（えっ？　まさか、イッ……イッた……？）

やがて震えがやみ、しがみついたまま、ゆっくりと身体の力を抜いてくる。

（やっぱりイッたんだ……電車の中で……）

美里が見あげてくる。

そのうつろな目つきに、涼太郎は激しく欲情してしまった。

4

電車を降りたとき、美里はもう立っていられないとばかりに、涼太郎の腕にしがみついたままだった。

乗客の男たちが、チラチラと舐めるような視線を送ってくる。

チェックのミニスカートの美少女が、男にしなだれかかり、妖《あや》しい雰囲気をムンムンと漂わせているのだから仕方がないことだった。

人目がある。このままタクシー乗り場まで歩けるだろうかと不安になって顔を覗き込むと、美里は潤みきった瞳で涼太郎を見あげてきた。

（うっ……）

いつもの天真爛漫《てんしんらんまん》さはなりをひそめ、女の欲望を孕《はら》んだ瞳が、切迫した状況を訴えてきた。

たまらなかった。もういてもたってもいられなかった。

（もういいや。真帆さんは絶対に振り向いてくれないし……美里ちゃんは、抜群に可愛いし）

こんな美少女が自分のことを好いてくれる、もうそれだけで十分だ。

タクシーに乗っている間も、濡れきった妖しい目で美里が見つめてきて、腕をギュッとつかんでいた。もう頭の中は美里のことでいっぱいだった。

アパートに着き、誰もいないタイミングを見計らって、ふたりで管理人室に駆け込む。

こみあげてくる欲望のままに、美里を抱きしめていた。

華奢《きゃしゃ》で折れそうなほど細いのに、こうして抱くと、しっかりと肉感的な柔らかさが伝わってくる。

腕の中で、小柄な美里が見あげてくる。

顔を寄せると、美里から唇を合わせてきた。

キスしただけで、彼女の身体が強張った。

おませに見えるが、やはり二十歳の女子大生。経験は少ないらしい。

(まあこっちも、この前まで童貞だったんだけど……)

欲望のままに唇を吸いあげる。と、わずかに閉じていた唇が開いた。

すかさず、あわいに舌を伸ばして差し込んだ。

「ンぅう……んふっ」

戸惑いつつ、彼女は身体の力を抜いて、受け入れてくれた。奥で縮こまっている舌をからめ取り、粘膜同士をぬめぬめとこすり合わせていく。

「はンッ……あふッ……」

ねちゃねちゃと唾液《だえき》を交《まじ》えて舐めあげていくと、美里の鼻声が色っぽくなっていく。

次第に美里も舌を動かしてきた。

甘い唾液をすすり、しっとりした女の呼気を吸いつつ、何度も唇を重ねる。

やがて息苦しくなり、ようやく唇を離す。

うっとりした目の美少女を横たえるべく、布団を敷こうとすると、美里はいやいやした。

そうか、気が変わったかと思ったが、美里は恥ずかしそうに顔を伏せながら、

「さっきの続きみたいにして……」

と、大胆なことを口にした。

（さ、さっきって……痴漢されるみたいなのがいいのか……）

もしかしたら、妙な性癖を植えつけたかと心配になったが、あの行為の続きができるかと思うと、涼太郎の興奮は増した。

立ったまま美里を後ろから抱きしめ、フリルのついたブラウス越しのおっぱいを揉《も》みしだいた。

「あッ……」

控えめな声が可愛らしかった。

背後から鷲《わし》づかみにするように、じっくりと胸を揉み揉みする。

乳房はちょうど手の中におさまる感じで、ぷくっとしたたわみが、手の中で弾《はじ》いてくる感じがいい。

奈々子と綾子は見事なまでに大きかった。

巨乳もいいが、包み込んで全体を揉めるというサイズもいい。ほわっとしてハ

リが強い、若い女の子のおっぱいだ。
涼太郎は夢中になり、背後からブラウス越しにいやらしく揉み込んだ。
すると、指がブラ越しにも乳首に当たったのか、
「はんっ……」
と、美里が顔を跳ねあげ、それを恥じるようにうつむいた。
「感じやすいんだね」
耳元で言うと、美里はふるふると首を振る。
おそらく感度は奈々子たちに比べて一番よさそうだ。
そんな可愛い感じ方に鼓舞《こぶ》されるように、涼太郎は美里のブラウスのボタンを
後ろからひとつずつはずしていく。
胸元がはだけ、リボンのついた白いブラジャーが露《あら》わになると、
「いやっ……」
と、美里が恥ずかしそうにふくらみを手で隠した。
涼太郎は少し躊躇《ちゅうちょ》する。
（やば……どうしよう……）
今までは教わるばかりだったので、自分からイニシアチブを取ったことがな

い。抵抗されたらどうするかなんて、考えたこともなかった。

（いや、ホントは欲しがってる。大丈夫だ。押すんだ）

気持ちを奮《ふる》い立たせながら、ショートヘアの美里のうなじにキスをする。

「あっ……」

ビクッと美里が震えた。

その隙《すき》に、ふくらみを隠していた手をはずさせ、素早くブラジャーをつかんでズリあげた。

（うおっ……）

上から覗き込むと、淡いピンクの乳首がツンとせり出していた。

「キレイだ、乳首の色……」

思わず口にすると、

「あんっ、やだっ……涼太郎ッ、へんなこと言わないで」

と、両手でまた隠そうとするので、手をつかんで強引に引き剝《は》がす。

静脈がうっすら透《す》けて見えるほど真っ白くて、お椀《わん》の形をしている、ハリのある美しい乳房だった。

欲望のままに後ろから手を差し込み、しっとりとした乳肉を直に揉みしだいた。

「んくっ……」

美里はビクッと震えて、身をよじる。

(なんて可愛いんだよ)

いつもは生意気な二十歳の女子大生が、今はなすがままにエッチなことをされて翻弄《ほんろう》されている。しかも立ったまま後ろからイタズラするというプレイが、余計に淫靡な昂《たか》ぶりを煽《あお》ってくる。

たまらなくなって、背後からギュッと華奢な女体を抱きしめつつ、ふくらみをじっくりと揉みしだく。

「あんッ……あんっ……」

形がひしゃげるほど、おっぱいに指をぐいぐいと食い込ませると、いよいよ美里が脚をガクガクと震わせはじめる。

(ホントに感じやすい子だな……)

なら、こんなのはどうだと、おっぱいを揉みながら、乳頭を指先でキュッとつまみあげる。

「あっ……くぅぅ……ああんっ、だめっ、それだめぇっ……」

と、美里はビクン、ビクン、と痙攣《けいれん》する。

あっという間に、乳首がツンと尖《とが》りはじめてきた。

その硬くなったトップを、指で捏《こ》ねたり押しつぶしたりすると、

「ああん……！」

美里はついにうわずった声を漏らし、立ったまま顎を持ちあげる。

おっぱいを軽く責めただけで、女体が火照《ほて》ってきている。

さらにいじると、美里はミニスカートから伸びた太ももを、じりじりとよじり合わせはじめる。

（ああ、欲しがってる……）

経験は少なそうだが、やけに感じやすい肉体だ。

涼太郎は右手を下ろし、ミニスカの中に手を入れて、パンティ越しのヒップを撫でまわす。

柔らかく、弾力に満ちた女子大生の尻だ。

バストと同じように小ぶりだが、半球形の盛りあがった丸みが悩ましく、まさぐっているうちに、薄い下着の上からでも、尻全体から妖しい熱を発してくるのがわかった。

「だめっ、いやっ……」

尻を撫でまわし、乳首を指でこりこりしていると、美里がこらえきれないとばかりに身悶《みもだ》えはじめる。

「いやと言うわりには、乳首がカチカチだ。お尻も熱くなってる」

ついつい意地悪く言いながら、涼太郎は右手を尻のほうからパンティの内側に差し入れた。

尻肌の下方に、熱く爛《ただ》れた女の園がある。

「すごいヌルヌルだよ」

言いながら、涼太郎は指先で膣をまさぐった。

「あううっ……やっ、い、言わないで……いやっ、あうぅぅッ」

濡れそぼる亀裂を指でこすっていると、こちらもガマンできなくなってきた。

涼太郎は壁を背にして美里を立たせると、

「こっちを見て」

と、自ら視線を合わせるように仕向けていく。

ショートヘアの美少女が、立ったまま羞恥に震えている姿に、涼太郎は燃えるような興奮を覚える。

美里を立たせたまま、涼太郎はその足元にしゃがみ込んだ。

目の前のミニスカートをまくりあげ、純白のパンティを露わにする。

（おおっ……）

ブラジャーと同じく、リボンのついた可愛らしいデザインのパンティだが、基底部に舟形のシミがべっとりとついている。

幼いパンティとマン汁のシミというアンバランスさが、妙な淫靡さを醸《かも》し出している。

「シミがすごいね」

わざと煽りながら見あげると、美里はハッと顔を赤らめて、

「いやっ、見ないで」

と、そのシミを両手でサッと隠してしまう。

「だ、大丈夫だよ。うれしいんだから……濡らしてくれて」

涼太郎は美里の手を引き剝がし、そっとパンティのシミに舌を這《は》わせた。

「やんっ、だめっ……」

美里が腰を引こうとするも、後ろは壁だから逃れられない。

涼太郎は、少し塩気のあるシミを舐めつつ、パンティを引き下ろして足先から

抜き取り、右脚の太ももを持ちあげた。

「い、いやぁ……」

片足立ちになった美里が、バランスを取るために涼太郎の肩に手を置いた。

あげた片脚を肩に載せ、涼太郎は開いた脚の間を凝視《ぎょうし》する。

「おおっ……」

恥毛《ちもう》が少なく、あどけなさが残る下腹部だった。

ぱっくりと開いた恥肉《ちにく》からは、薄紅色《うすべにいろ》の裂け目をのぞかせていて、淫《みだ》らな蜜をしたたらせている。幼いけれど、中身は十分に大人の女性だった。

淫らな熱気と発酵《はっこう》したチーズを思わせる臭《くさ》みが、まだ使い込んでいないおまんこの新鮮さを感じさせる。

その濡れた赤身に、涼太郎はそっと舌を這わせていく。

「やっ！　な、なにするのっ、そんなところ舐めるなんて」

美里が片脚をあげたまま抗った。

だが、濡れた舌先がスリットに触れたとたん、

「あっ……くっ！」

美少女はビクンッと震え、感じた声を漏らした。

二度、三度と、亀裂を舐めると、

「ん、ンフッ……ああ、いやんッ」

美里は抗うこともなく、甘い声を漏らして全身を震わせる。

（すごい酸味だ……これが、おまんこの味か……）

美少女とは思えぬほど、あふれ出す蜜は濃厚で、いやらしい味をしている。

決していやな味ではなかった。

涼太郎はしゃがんだまま、美里の太ももを押さえつけて、夢中でねろねろと舐めまわす。

舌先が媚肉《びにく》を揺さぶれば、ねちっ、ねちっ、といやらしい水音が立つ。

「ああん、いやっ……」

淫靡な音が恥ずかしいのか、美里が顔をそむける。

だが、こちらは興奮してやめられない。

もっと濡れてほしいと、ふやけるほど舌でしゃぶりながら、右手をワレ目の上部にあてがい、包皮《ほうひ》に包まれたクリトリスを指でなぞった。

「ああっ……はあああ……」

いよいよ美里は、口元に手を当てながら、うわずった声を漏らしはじめる。

亀裂を舐めつつ、表情を覗こうと顔をあげる。

美里の大きな目がうっとりして、今にも閉じそうになっている。

そして、小さな口が半開きになっていて、ハアハアと甘ったるい吐息をひっきりなしに漏らしている。

「あンッ……だめぇ……」

彼女が媚《こ》びた声を漏らした直後、ワレ目がジュンと潤《うるお》った。

片脚ではもう立っているのもつらそうで、ガクガクと震えている。

「気持ちいいんだね？」

舐めながら訊くと、泣き顔の美少女はこくこくと頷《うなず》きつつ、

「あっ、で、でも……」

「でも？」

美里はなにかを言いかけてやめ、もどかしそうに腰を揺する。

赤らんだ顔を見て、涼太郎もさすがにピンときた。

「もう欲しいんだ。そうだろ？」

涼太郎の言葉に、美里はハッとして一瞬だけ顔を強張らせるも、そこで拒《こば》むほどの余裕もなくなっているらしい。

美里は目をギュッとつむり、うつむきながらも小さくコクリと頷いた。

こちらももう限界だった。屹立《きつりつ》は痛いほどみなぎっている。

涼太郎はズボンとブリーフを脱ぎ飛ばし、いきり勃った肉棒を誇示《こじ》したまま、美里に近づいた。

5

壁を背にした立位で、涼太郎は再び美里の片方の太ももを持ちあげた。

片足立ちになり、アソコを淫らにさらした美里の下腹部に、自分の腰をグイと押しつける。

切っ先が狭穴を押し割ってズブズブと広げていくと、

「うっ……！」

美里が顔を跳ねあげる。

同時に涼太郎も「くううっ」と呻《うめ》いた。

入り口はひどく窮屈で、しかも締めつけが強い。

それでも力強く腰を入れて、なんとか嵌《は》まり込めば、媚肉がぬるりと勃起《ぼっき》を奥へと引きずり込んでいく。

（おお、気持ちいい……）

肉が締めつけてくる快楽に酔いしれ、根元まで埋め込むと、

「あああーっ！」

と、美里は歓喜の悲鳴をあげて、背中に手をまわしてしがみついてくる。

（ああ、つながった……美里ちゃんと、真帆さんの娘と……）

罪悪感はあるが、それよりも悦《よろこ》びが大きい。

こんなどうしようもない自分を好いてくれた女性と、ひとつになれたという心の歓喜だ。

立位で貫《つらぬ》きながら、美里を見る。

眉をひそめたつらそうな表情ながら、涼太郎を見つめてきて、ニコッと微笑んでくれる。

（ああ、美里ちゃん……もっと感じて、気持ちよくなって……）

自然と腰が動いていた。

不自由な体勢ながらも、涼太郎は右手で美里のヒップをがっちりとつかみ、立ったままで、グイグイと腰を突き入れる。

「くっ……うう……うっ」

奥へと切っ先を届かせるたび、美里は顔を跳ねあげる。

小ぶりなおっぱいが揺れる。

涼太郎はヒップを抱えながら背中を丸め、小さな尖りに吸いつきながら、少しずつストロークを強めていく。

ゆったりと打ち込んでいくと、

「ああ……いいっ……ああん……だめっ……ああっ、涼太郎っ」

美里の整った顔は紅潮《こうちょう》し、瞳が潤んでいる。

そのすがるような、なにかを訴えるような目がたまらなかった。

そして粘着質の襞《ひだ》が勃起を咥《くわ》え込んだかと思ったら、キュウッとものすごい力で食いしめてきた。

「くううっ、いいよっ、締めつけが気持ちいい」

涼太郎も歓喜の声を漏らし、ぐいぐいと腰を押しつけた。

「あっ……あっ……あんっ、あんっ」

美里がしがみつきながら、続けざまに甘い声を放つ。

肉粘膜はぴったりとペニスに吸いつき、まるでしぼり取ろうとするかのようだ。

甘い快美感がこみあげると同時に、頭が痺れるような悦びが、全身にじわっと広がっていく。

奥まで突きあげながら、美里を見る。

細い眉を折り曲げ、長い睫毛を伏せている。

その女の生々しい表情が、さらに涼太郎を昂ぶらせていく。

右手でヒップを抱えながら、左手で乳房を揑ね、さらに激しく突き込むと、

「あふッ……り、涼太郎っ……」

切実な声を漏らした美里は、涼太郎の首に両手を巻きつけ、もっと深くまで欲しいとばかりに、自ら恥丘《ちきゆう》をこすりつけてきた。

（おお……美里ちゃんから……）

二十歳の女子大生の破廉恥《はれんち》な腰づかいが、涼太郎の快美を押しあげる。

乳房を揉みしだいた手で、今度は乳首をつまみ、引っ張り、押しつぶす。

それを繰り返しているうちに、いよいよ美里の息づかいが荒くなり、

「ダメッ！　ああん、私……もう、だめッ」

と、美里は唇を押しつけてきた。

舌と舌をからませて、ねちゃねちゃと唾液をすすり合うと、さらにグーンと屹

立が硬くなり、こちらも限界を感じてしまった。

さらに激しく立ったまま穿《うが》つと、美里はいよいよ震えてきて、

「あんっ、涼太郎っ……またイクッ、あんっ、またイキそうっ……」

と、切羽《せっぱ》つまった表情で訴えてくる。

また、というのは、電車の中でのアクメに続いて、という意味だろう。

「いいよっ、イッて……」

と言いつつも、こちらもギリギリのストロークだ。射精したくなるのをこらえつつ、ぐいぐいと美里の奥を切っ先で穿つ。

「あ、ああっ……ああンッ」

すると、美里が大きくのけぞり、ショートヘアを振り乱す。

汗が飛び散り、甘ったるいセックスの匂いが、ムンと強くなっていく。

立ったまま腰を使うのはつらいはずなのに、疲れはなく、ただただ美里をのぼりつめさせたいと一気に打ち込んだ。

そのときだ。

「あ、ああっ……イクッ、涼太郎っ、イクッ」

美里がギュッとしがみついてくる。

涼太郎は今だ、とばかりに続けざまに腰を使う。

すると美里は「うっ」と呻いて、小さく痙攣した。

アクメに達したのだろう。耐えがたいほど膣肉が食いしめてきた。こちらも限界だった。

慌てて勃起を抜き取る。

どくっ、どくっ、と勢いよく男の精が発射され、美里の太ももや床に、白濁《はくだく》のたまりをつくっていく。

すべてを吐き出し、涼太郎は美里をソファに座らせた。

まだハアハアと息が荒いが、それでも微笑みかけてくれる。

「ありがとう、涼太郎」

「いや、こっちこそ……」

告白しよう。そう思ったときだった。

「涼太郎のこと、好きでよかった。いい思い出」

「え？」

驚いた顔をすると、美里がクスッと笑う。

「いいの。涼太郎はママのこと好きなんでしょう？　ママもね、涼太郎のこと好きだと思う」

「えっ、いやっ……そんなことないよ。真帆さんが俺のことなんか」

「ううん、わかるもん。私、娘だよ。ママのことはわかるから。あの人ね、迷ってるの。今、涼太郎のことを受け入れたら、パパに申しわけないって。頑固で真面目なのよねえ」

美里は額《ひたい》の汗を指で拭《ぬぐ》いながら、続ける。

「だから、涼太郎は強引にいったほうがいいと思うよ」

強引に、か……。

美里の言葉なら、真実味があるような気がした。

諦《あきら》めようとしていたのに、真帆への気持ちにまた火がついた。

（でも……）

美里を見つめた。目尻に涙が浮かんでいる。

その涙は、俺への気持ちなのか？　さすがにそれは訊けなかった。

「ありがとう」

それだけ言うと、美里は目尻を拭いながら、バシンと肩を叩いてきた。

「お礼なんかやめてよ。私、ママには嫉妬《しっと》してるのよ。だから、先に奪っちゃった。これですっきり」

泣き笑いの顔をした美里が「あれ？」と口にする。

「えっ、もしかしたら、涼太郎が義理のお父さんになるかもしれないの？　やだなあ」

言われて、ドキッとした。

「そんなに簡単にいくわけないだろ」

平静を装《よそお》いながらも、心の中で動揺した。

真帆さんと結婚……そんなバカな……。

ドギマギしていると、美里がキスをしてきた。

「冗談よ、冗談」

美里はそう言いつつも、また唇を合わせてくる。

今度のキスはしょっぱかった。

涙の味がした。

第六章　梅雨空《つゆぞら》のあと

1

梅雨空《つゆぞら》と同様に、朝から涼太郎の気持ちはどんよりしていた。

アパートの玄関を掃除していると、住人たちが涼太郎に挨拶《あいさつ》をして出勤していく。

笑顔で挨拶を返すものの、そのたびにため息が漏れる。

と、真帆が玄関に現れた。

「あ、あの……おはようございます」

うかがうように挨拶するが、真帆はフンと顔をそらし、なにも言わずに足早にアパートをあとにする。

(うわあぁ……やっぱ、こりゃだめだ……)

早朝のことだ。

美里と思い出のセックスをして、そのままこっそりと部屋に泊めてしまったのがいけなかった。

朝早く、管理人室から美里を出そうとして、偶然にもゴミ出ししようとした真帆と、ばったり会ってしまったのだ。

「美里！　家に帰ってないと思ったら、涼太郎さんと……あなたたち、そういう関係だったの？」

いつもは可愛らしい真帆が、相当の剣幕だった。

「ママ、違うのよ。私が泊めてもらったの。ママと会いたくなかったから」

美里の言葉に、真帆は眉《まゆ》をヒクヒクさせて涼太郎の前に来た。

「どういうつもりですか。年頃の娘を部屋に泊めるなんて」

「い、いやっ……その……」

違うと言おうとするも、美里を抱いたという事実を前にして、どうしてもうまくうそがつけなかった。もともとうそなどつけない性格だから、取り繕《つくろ》えなかったのだ。

「なにもなかったからいいでしょう！」

逆に美里はケロッとしたもので、さらりとうそをつく。

「なにもなかったからいい、ってことじゃないでしょう？　年頃の娘が」

真帆が、またこちらにつめ寄ってきた。

「付き合う気はないんですか？」

「えっ、つ、付き合……美里ちゃんとですか？」

真帆はこちらの気持ちを知っているはずだった。

なのに、そんなことを訊《き》いてくる。

もしかして娘に嫉妬《しっと》しているのではないかと勘ぐったが、それをたしかめるような状況ではなかった。

「な、ないですっ……だって、俺は……」

「付き合う気がないのに、娘を泊めたのね」

真帆はお怒りモードで、そのまま部屋に戻っていってしまった。

とりあえず美里を帰したものの、もちろん真帆は怒ったままで、それがさっきの挨拶無視だったわけである。

「はあ……」

またため息が出た。

美里から、

「ママは涼太郎のことが好き」

と聞いて有頂天《うちょうてん》になっていたものの、これでは天国から地獄、いや、それ以下であろう。地獄の下って、なにかは知らないけど。

(まいったな……やっぱり泊めるんじゃなかった。それにエッチもするんじゃなかった……でも美里ちゃんがしてほしいって)

ほうきを持つ手がまたとまる。

当然ながら、仕事に身が入るわけがなかった。

「なに、あんた、母娘の親子丼を狙ってたわけ？　やるねえ」

後ろから尻を叩かれてビクッとした。

振り向けば、昌代がニタニタと笑っている。

「な、なにを言ってるんですか」

「だって、真帆ちゃんを好きなくせに、その娘とこっそりいやらしいことするなんてねえ」

「し、してませんって……」

「じゃあ、なんであんたの部屋から美里ちゃんが出てきたんだい」

「い、いや……それは、泊まるところがないからって」

「下心ないと泊めないよねえ」

「い、いや、ホントになにもないですって」

下心は……たしかにあった。

エッチもした。

だけど、美里の気持ちからすれば、これでよかったんだと思う。

と、心の中で言い訳していると、昌代の背後から田布施も顔を出した。

「よろしくないですねえ。そういう下世話なことは……」

ヤクザの取り立てのようにすごまれて、思わず「ひっ」と声を漏らす。

「あら、本命は真帆さんだったの？」

さらに綾子がゴミ出しに来てウフフと笑い、奈々子は、

「成長したのねえ、私のときは童貞だったのに」

と、まわりがざわつくことを言いはじめて、騒がしくなってしまった。

ちょっと変わった人間ばかりだが、賑やかで、まあ楽しいアパートなのだが、
ひとり静かにできないところが玉に瑕《きず》である。

2

(真帆さんと距離をつめるには、どうしたらいいんだろう……)

美里との誤解……いや、厳密には誤解ではないが……は、おそらく美里がうまく言いくるめてくれると思っている。

だが……結局のところ、問題は、やはり亡くなった旦那のことだ。

好きだと伝え、それに応《こた》えて真帆は口で導いてくれた。

あのとき邪魔が入らなかったら、最後までできたかもしれない。

しかし……。

そこまでしても、まだ真帆の中には、亡き旦那の思い出が残っている。

(真帆さん、相手はもう永久に帰ってこないんです)

彼女に教わったカレーをつくりながら、真帆のことを考える。

永久に会えない、ということはだ、彼女の中の旦那との思い出は、ずっと美化されたままだということだ。

長年一緒にいれば、いやな部分も見えてくるだろう。

しかし、死んでしまったら無敵だ。

長い年月をかけて、記憶が薄れていくのを待つしかない。

「まいったな……」

カレーを煮込みながら、思わず口にしてしまう。

本気でぶつかれ……か。

田布施の言うとおり、当たって砕《くだ》けろで、強引にいくしかないんだろうか。

真帆は四十二歳で、涼太郎は二十九歳。

十三歳年上なんて気になる年齢差では……。

（いや、気になる年齢差だよな……）

でも、当人同士が問題ないなら別にいいだろう。

収入だって、向こうのほうがいいだろうけど、管理人という仕事だって悪くないはず。

（それに、じいちゃんが死んだら、不動産はいずれ俺に……）

縁起でもないことを考えた自分にげんなりしながら、あとは盛りつけだけ、というところまできたときだった。

電話が入る。

美里からだった。

「涼太郎？　ママが……！」

スマホから聞こえてくる美里の声は、なんだか切羽《せっぱ》つまった様子だった。

「真帆さん？　どうかした？」

「元上司の男に、連れ去られた」

「ええ？」

頭の中がパニックになる。

「元上司って」

「つしま、って男」

先日、覗いていた男の顔を思い出す。やっぱアイツか……。

「ママからメールが来て、場所はわかってるんだけど。警察に電話したけど、すぐに来てくれるかどうか……」

「そ、そうだね」

震えが来る。

今までトラブルになりそうなことには、近寄らないで生きてきた。

だけど今は違う。

とにかく自分に言い聞かせる。自分がやるんだ。一種の自己暗示だ。

「俺も行くよ。住所を教えて」

「えっ、大丈夫なの？」

「大丈夫じゃないけど……」

いったん電話を切り、身支度する。

上着の内側に折りたたみのナイフを入れた。

いじめられていたときのお守りだ。

まさか使うことはないだろうと思いつつも、入れておく。

部屋を出ると、ちょうど田布施と出くわした。

「田布施さん！」

普段は怖くてたまらないが、今はこれ以上ない頼もしい人だった。事情を簡単に話すと、

「なにぃ！　ふてえやろうだ。俺も行きますぜ、管理人さん」

ぎらつく目がさらに鋭くなる。

正直、田布施がいてくれてホッとした。これでまあなんとかなるだろう。

タクシーに乗り込み、美里からもらったメールの住所に行く。

男が住んでいるのは古いマンションで、オートロックではなかった。

一階の角が男の部屋だ。

「ど、どうしましょうか」

涼太郎がおろおろしていると、田布施は冷静にドアに耳をつける。

「なんか騒がしいな。女の声もしますぜ」

ドキッとした。やはり真帆は襲われているんだろうか。

「だ、誰か、他の部屋の人も呼びましょうか？」

「いや、騒ぎになると男が逆上するかもしれません」

田布施はドアノブを二、三度カチャカチャとまわすと、

「おっ、古いタイプのヤツだな」

とつぶやき、針金のようなものを取り出して、鍵穴に突っ込んだ。

カチャカチャと数秒まわしていると、ガチャッと音がして、

「開きました」

と、あっけらかんと言うので、涼太郎は引いた。

（なにもんなんだよ、この人）

「俺はベランダのほうにまわります。管理人さん、そうっとドアを開けて、様子を見てください。音を立てずに、ですぜ」

「は、はいっ」

ドキドキしながら、そっとドアを開ける。

玄関は乱雑だった。涼太郎は静かに靴を脱ぐ。

そのときだった。

「ンンッ！」

と、奥から呻《うめ》き声が聞こえた。

「ンウウッ！　ンウウッ」

女性のくぐもった声だ。間違いない。

もう無我夢中で、リビングのドアを開ける。

黒い塊が動いていた。

その下に、真帆が組み敷かれている。

「真帆さんっ！」

命がけ、という言葉が、咄嗟《とっさ》に頭に浮かんだ。

涼太郎は気がつくと、黒い塊を思いきり突き飛ばしていた。

真帆はハッとしたように脚を閉じる。スカートから伸びた白い太ももが悩ましかった。

「おまえ、あのアパートの……」

男がテーブルの上にあったビール瓶をつかんだ。

怖かった。

怖くて、本能的に内側のポケットのナイフをつかんでいた。

「く、来るなっ！」

ナイフを出した……つもりだった。

折りたたみのナイフだと思ったそれは、祖父のライターだった。ナイフの柄《え》と同じくらいの大きさだったから間違えたのだ。

（あっ、あほだ、俺……）

気づいたときには、男に瓶で殴られていた。

肩に引き裂かれたような痛みが走る。そのあと、腹を蹴られたところで、ガチャンとガラスの割れる音がして、意識がすうっとなくなっていった。

3

治療室から出てくると、待っていた真帆が駆け寄ってきた。

「肩、大丈夫だった？」

「あっ、はい……縫うほどじゃないって、消毒と薬だけで」

「よかった」

　真帆がホッとした顔をする。

　あのあと、窓ガラスを破って入ってきた田布施が、あっという間に真帆の元上司の津島を取り押さえてくれたらしい。

　そしてすぐに警官が来て、傷害で元上司を連行していったのだった。

　結果的に、涼太郎は肩を怪我《けが》しただけの軽傷ですんだ。

　あとで警官に聞いたのだが、もしかすると、真帆が男の家に連れ込まれただけでは、逮捕できなかったかもしれない、とのことだった。

　男女の問題はそれだけ面倒臭《くさ》く、民事不介入で、あの男もお咎《とが》めなしだった可能性もある。

　涼太郎が怪我をしたことで現行犯逮捕できたわけで、どうやら殴られたかいはあったらしい。

　ちなみにあそこでナイフなんか出していたら、涼太郎も過剰防衛で面倒なことになっていたとのことだ。

（じいちゃん、助かったよ）

それに加えて田布施にも感謝だ。

田布施も警察に一緒に行ったが、昔の知り合いの刑事がいたらしく、ふたりで飲みに行ってしまった。本当に謎の多い人である。

「ごめんね、私が油断して……もう二度とつきまとわないって言うから、信用して……。最後に話がしたいって呼ばれて、つい家の傍《そば》まで行ったら無理矢理に」

深夜の病院を歩きながら、真帆が頭を下げた。

「ちょっと男に対して、無防備すぎますよ」

ついつい怒ってしまった。

それだけ本気で心配だったのだ。

真帆はちょっと驚いた顔をするも、すぐに、

「うん」

と、素直に頷《うなず》いてくれた。

病院の外に出ると、六月にしては珍しく少し肌寒かった。

涼太郎は薄いブルゾンを羽織《はお》っていたが、真帆は白いブラウスに膝丈《ひざたけ》のフレアスカートという軽装だった。

「タクシー乗る？」

真帆が訊いてきた。

「近いですから、歩きませんか？」

ふたりきりの時間は長いほうがいい。

夜道を歩いていると、真帆が自分の腕をさすった。

「あっ、寒かったですか？」

「ううん」

真帆が首を振った。ふわっとした甘い匂いが漂った。

肩までの黒髪は艶々《つやつや》して、丸くて大きな目が魅力的だった。

（だめだ……好きすぎる……）

可愛い。四十二歳の未亡人のくせに、可愛い。

抱きしめたくなって、真帆の肩に手を伸ばす。

それに気づいた真帆がこっちを向いて、ニコッと微笑《ほほえ》んだ。

「やっぱり寒いかも」

真帆はそう言うと、涼太郎の手を取り、指をからめてきた。

（えっ？）

まるで恋人同士のように、自然に手をつないでいる。

涼太郎もギュッと握り返していた。こうしているだけで温かい気持ちになっていく。肌寒いはずなのに、身体が熱くてたまらない。

「私ね……」

手をつないで歩きながら、真帆が言った。

「私ね、夫といて幸せだったの。十年以上も一緒にいて、美里が生まれても幸せだった。だからね、正直もう人を好きになるのは無理だと思ってた」

ウフフと笑い、真帆が続ける。

「だから逃げてたの。涼太郎くんに好きだって言われてうれしかった。でも、向き合えなかった。もうおばさんだし、それに……」

「お、俺……」

遮《さえぎ》るように、涼太郎は言う。

「俺、その……きっと旦那さんと同じような幸せは、与えられないと思います。ニートだし、なんの取り柄《とりえ》もないし。でも、真帆さんがいるだけで、俺はあったかい気持ちになれるんです」

真帆を見る。

彼女も見つめ返してくる。

「俺を、幸せにしてくれませんか？」

「え……」

眉をひそめた真帆が、急にプッと噴き出した。

「そんな告白、はじめて聞いたわ」

「あ、いや。で、でも、俺ももちろん真帆さんを幸せに……」

そこで言葉を失った。

真帆が抱きついてきたからだ。

涼太郎も抱きしめた。温かかった。

抱擁《ほうよう》を続けてから、真帆がすっと身体を離した。

ひと言もなかったけれど、つないだままにした手が、気持ちを代弁してくれているように思えた。

そのまましばらく無言で歩いていると、いつものコンビニの前に来た。

「あ、俺……飲み物買いたいなって」

「いいわよ、私もちょっと買いたいものがあったから」

コンビニの中で分かれて、涼太郎はペットボトルのお茶を手に取り、レジに向かう。

その途中に、あるものがふと目に入った。

いつもは視界にも入ってこない、コンドームである。

（か、買っておいたほうがいいかな）

ドキドキしながら、ひとつの箱を手に取った。

真帆に見つからないように、レジに持っていこうと思ったときだ。

「一緒に払ってあげるわよ」

背後から真帆の声がした。

慌ててコンドームを棚に戻すが、もう遅かった。

真帆がジロッとこちらを睨《にら》んでいた。

「あ、い、いや、その……ちょっと見ていただけで」

へんな言い訳しか出てこない。

また怒られる、と思った。

だが真帆はなにも言わず、コンドームの箱を棚から取ると、無造作《むぞうさ》にカゴに入れてレジに向かっていく。

（ま、真帆さんっ……それって……）

レジ打ちは若い男だった。

商品のバーコードを読み取っていく。

コンドームのときだけ、チラッと真帆を見た気がしたが、それはこちらが単に意識しすぎなだけかもしれない。

後ろから見ると、真帆の耳が真っ赤になっていた。

やはり、可愛い。もうあふれる気持ちがとまらなかった。

4

管理人室に入り、明かりをつけるやいなや、どちらからともなく涼太郎と真帆は唇を重ねた。

(今度はホントに気持ちのこもったキスだ)

涼太郎は震えながら、真帆の背に手をまわす。

夢のようだった。

はじめてここに来た日、酔った真帆と抱き合ってキスをした。

そのときから、もう真帆にぞっこんだった。

四十二歳で、二十歳《はたち》の娘がいる未亡人でも、可愛らしくて、笑顔が素敵で、それでいてけっこう嫉妬深くて、芯《しん》が強くて。

一緒にいるだけでドキドキする存在だ。

ようやく手に入れられた。抱きしめると、ブラウス越しの柔らかいおっぱいの感触が伝わってくる。

乳房は重たげなのに、腰は折れそうなほど細かった。

さらに強く抱いていると、真帆のほうから涼太郎の口内に舌を入れてきた。

「ンッ……んふっ」

甘い吐息とともに、柔らかな舌が送り込まれて、頭の芯がジーンと痺《しび》れる。

唇はぷくっとして柔らかく、唾液《だえき》は甘かった。

舌同士をからませて、くちゅ、くちゅ、と淫靡《いんび》な音を立てながらお互いに口を吸い合い、気持ちをとろけさせていく。

涼太郎も真帆の口内に舌を入れて、粘膜を舐めまわす。

お互いの唾液がたっぷりと交換され、情熱的にキスをしていくと、ますます性的な気持ちが昂《たか》ぶり、抱きしめる手に力がこもる。

真帆も涼太郎の首に手をまわしてきた。

「んふんっ……んっ……ンッ……」

無我夢中で舌をしゃぶり、とろみのある甘い唾液をすする。ようやく口を離したときには、真帆の目はぼうっと潤《うる》んでいた。

「こんなおばさんでいいのね……」

慈愛《じあい》に満ちた微笑みを見せてくる。

「おばさんなんて……好きです、真帆さんのこと。すべてが欲しいです」

まっすぐに見つめると、また赤い唇を近づけてきた。

今度は激しかった。

舌をねちゃねちゃとからませて、歯茎や頬《ほお》の粘膜も舌でなぞる。

「んん……ンンッ」

苦しげな甘い呼気が涼太郎の口腔《こうこう》に入り込む。

（ああ……真帆さんと、こんな情熱的なキスを……）

ハアハアと息が荒い。真帆も激しく求めているんだと感じた。もう興奮が抑《おさ》えられない。

（真帆さん……）

鼻が何度も当たるほど、角度を変えて唇を押しつける。キスをしながら、真帆のブラウスのボタンをはずしていく。

白いブラウスの胸元が大きく開き、中に深い胸の谷間と、胸元にレースのついたキャミソールみたいな純白のインナーが見えた。

(なんだっけ……スリップ?)

シルクのようなすべすべ感と、胸のところのレースの透《す》け感が妙に興奮をそそる下着だった。肩紐《かたひも》は一本だけだから、おそらくノーブラだ。

涼太郎はおずおずと手を伸ばし、スリップ越しの乳房をつかんだ。

「あっ……」

真帆がキスをほどいて、うわずった声を漏らす。

大きすぎてつかみきれないが、トップ部分を揉《も》みしだくと、柔らかな乳房がムニュッと形を変え、スリップの上端から乳首が見えた。

(真帆さんの乳首っ……)

もう頭が痺れて、どうにもならなかった。

乱暴に床の上に組み敷いて、ブラウスを脱がしていく。

真帆は力を抜いているが、恥ずかしいのか、顔を横にして唇をキュッと嚙《か》みしめている。

(可愛い……)

可憐《かれん》で奥ゆかしいが、彼女は四十二歳である。

昂ぶっていけば、先日の情熱的なフェラチオのように、成熟した性感を露《あら》わにするに違いない。

それを見せてほしいと、涼太郎はもどかしげにブラウスとスカートを脱がして、早くもスリップ一枚の下着姿にさせる。

（うおおっ）

圧倒的な大きさの乳房と、スリップの裾《すそ》からのぞくストッキング越しの太ももが、なんともムッチリといやらしかった。

（やっぱりすごい身体だよ。細身なのにムチムチって、もう奇跡的なアンバランスさだよ）

興奮しつつ、こちらもシャツとズボンを脱ぎ、パンツ一枚になる。

股間のふくらみを見せることで、真帆にも興奮してほしかった。

案の定、ちらっとパンツのふくらみを見た真帆は顔をそらすも、目の下をねっとりと赤く染めて欲情を見せてきた。

（恥ずかしがってる。どこから触ればいいんだろう）

どこもかしこも柔らかそうだった。

だけどやっぱり、推定Fカップ以上のおっぱいだ。

手を伸ばして、むんずとつかむ。

スリップ越しの、ずっしりとした重みを手のひらに感じながら、ゆっくりと乳肉に指を沈めていく。

(くうっ……やっぱ、や、柔らかい)

熟れた未亡人《う》の乳房は、しっとりした触り心地だった。

じっくりと揉みしだいていくと、レーススリップの下のふくらみが柔らかく沈み、

「んっ……んっ……」

と、真帆は手の甲を口に持っていき、声を押し殺す。

(恥ずかしがり方が、娘とそっくりだな……)

いや、比べてはいかん。美里のことは頭から追い出して、スリップ越しのバストを揉みしだいた。

揉むごとに、バストの中心部がぷっくりと尖《とが》ってきたのが、光沢《こうたく》のあるスリップ越しにもわかる。

(乳首が勃《た》ってきた)

興奮し、思わず薄いスリップ越しの突起《とっき》にむしゃぶりついた。

軽く吸って舌を這《は》わせると、

「あっ……！」

真帆がわずかに顎《あご》を持ちあげて、すぐに恥ずかしそうに指の背を噛んだ。

（感じてる……感じてくれているぞ）

シルク素材のツルツルしたスリップを舐めていると、唾《つば》でうっすらと赤い乳首が透《す》けて見えてきた。

濡れたスリップ越しの突起がエロすぎた。

夢中で布越しの突起に、ぱくっとしゃぶりつき、ちゅうちゅう吸うと、

「あんっ……ああんっ、そ、そんなの……」

真帆の指が、涼太郎の髪の毛をすいてきた。

見れば、眉を寄せた泣きそうな表情で、

「やだっ……エッチ」

と、咎めるように言ってくる。

下着を唾で汚して透けさせる行為が、かなり恥ずかしいようだ。

「だって、この下着がエロかったから……」

「これのこと？　やだもう……おばさんだって言いたいんでしょ」

真帆が肩紐をつまみながら、ムッと拗《す》ねる。

「おばさんなんて……純白のスリップって、いやらしくて興奮するんです」

「よく知ってるわね、あっ……」

さらにスリップごと突起を舐めると、いよいよ真帆はじれったいのか、身悶《みもだ》えを激しくしてきて、

「あんっ……お願いっ、直《じか》に触って。もう下着は脱がせていいから……」

ハアハアと息を荒らげ、うっとりとした色っぽい女の顔でせがんできた。

と同時に細腰を揺らして、股間を自らなすりつけてくる。

(真帆さんも、ガマンできなくなってる……)

その様子に昂ぶりながら、肩紐をズラす。

支えを失った巨大な乳肉が、ぶるるんっと揺れてこぼれ落ちる。

(これが真帆さんのおっぱい……!)

なんという迫力なのか。

蘇芳色《すおういろ》の乳輪は大きくて、乳首も円柱形に尖っている。

可愛い童顔に似つかわしくないエロいおっぱいに、涼太郎は目を血走らせて、
ギュッと揉んだ。

「あんっ……」

真帆は背をのけぞらせ、甘い声をあげる。

ずしっ、としたすさまじい重みだった。揺らすだけでも力がいる。

そのボリュームに感動しつつ、さらに揉む。

しっとりとした弾力と、指の沈み込む感触が心地よかった。

指が乳肌に食い込むように何度も揉むと、しっとりした真帆のおっぱいは、ぐにゅっといびつに形を変えていく。

相当肩がこるだろうな、と妙なことを思いつつ、味わうように乳首に舌を這わせていく。

「んっ、やっ……」

真帆がくすぐったそうに身をよじる。

表情を見れば、恥ずかしそうに下唇を噛みしめている。

ますます昂ぶり、乳首を親指と人差し指でつまみ、強弱をつけながら転がしつつ、また真帆の顔を見る。

「あっ……あっ……」

真帆の唇は半開きになり、切れ切れのもよおした声があふれ出す。

絹糸のように艶のある黒髪が床の上に乱れ散り、清楚な顔がのけぞっていて、すっきりした眉がつらそうに折れ曲がっている。

さらに舐めると、

「あっ……んんっ」

色っぽい息を吐きながら、未亡人のヒップが妖《あや》しくくねる。

円柱にせり出した蘇芳色の乳首を、今度は直にチュウッと口に含み吸い立てた。

「ああんっ！」

真帆の背がきつくそり返り、形のよい顎がクンッと跳ねた。

わずかに広げていた脚が、

「あんっ……だめぇっ」

と、もじもじとすり合わされている。

乳首をしつこくいじられ、いよいよ真帆も昂ぶってきているのは間違いないようだった。

純白のスリップに包まれた下腹部を、もうガマンできないとばかりに揺すってきているのが、その証拠だ。

いやらしかった。

さらに昂ぶり、涼太郎はパンティストッキングに包まれた、すべすべの太ももを撫《な》でる。

真帆は恥ずかしそうにキュッと脚を閉じるのだが、こじ開けるようにすると、諦《あきら》めたように脚を広げた。

パンストのシームの向こうに、白いパンティが透けて見える。

早く中身が見たいと、ぴったり張りつくパンストを剝《む》き下ろしていき、内ももの白い肉に触れていく。

ふくらはぎはほっそりしているものの、こうして脚を広げさせれば、太もものつけ根のところは熟女らしくムッチリと太い。

たまらなくなり、強引にM字開脚させてしまう。

白いパンティが露わになった。

「やあんっ……いやっ、こんな格好……」

真帆は羞恥《しゅうち》に顔をそむけ、ぶるぶると鼠径部《そけいぶ》を震わせる。

四十二歳にしてこの恥じらい方に、涼太郎は鼻息を荒くする。

さらに夢中になって、白い太ももをやわやわと揉んだ。

内ももはシミひとつなくすべすべで、指が沈み込むような、とろけるような柔らかさだ。

若い女性の張りつめた太ももとは、まるで違う揉み心地。

たまらなかった。熟れた太ももに思わず頬ずりし、その柔らかさにうっとりしながら、太ももに舌を這わせていく。

「うっ……あぁんっ」

真帆が、湿った声を漏らして腰を揺する。

生温かな太ももに顔を近づけていると、白いパンティが食い込んでいる部分から、漂ってくるものを感じた。

そっと嗅《か》いでみると、濃厚な生臭《なまぐさ》さを感じる。

可愛らしくも、真帆は熟女だった。

発情したフェロモンを発するだけでなく、じっとりとした淫靡な湿気を孕《はら》んだムンとした熱気も漂ってくる。

（くうう、すごいっ、真帆さんのおまんこの匂いっ）

秘めたる匂いを嗅いで、理性がとろけてしまっている。

もっと嗅ぎたいと、M字に開いた脚のつけ根に顔を寄せた。

白いパンティの張りつく股間に鼻を寄せ、ついにはこんもりと盛りあがる恥《ち》丘《きゅう》に鼻先をこすりつけていく。

「そ、そんな場所、嗅がないでっ。ああっ、い、いやぁっ……」

恥じらい声をあげ、真帆がまた指を口元に持っていく。

ブラウスを脱がせただけで顔を赤らめる淑女《しゅくじょ》だ。

発情したおまんこの匂いをパンティの上から嗅がれるなど、気が遠くなるほどの羞恥に違いない。

だがそれならば、徹底的に美熟女を辱《はずかし》めたくなった。

淫《みだ》らに乱れてほしかった。

鼻先ですりすりしながら、パンティ越しの窪《くぼ》みを指でさする。

すでに柔肉《やわにく》がとろけて、くにゅっ、と指が沈み込む。軽く濡れているから、早くもパンティにうっすら筋が浮いている。

「んンッ……あっ……あっ……」

指が亀裂に触れるたびに、真帆はハアハアと熱い吐息を漏らす。

さらに匂いは強くなり、ついにはすすべの布地がはっきりと湿ってきたのを指先に感じる。

「あぁ……だめっ……恥ずかしいわっ……私、こんなになったことない……」

真帆がいやいやする。

おそらく下腹部の変化を、自分でも感じたのだろう。

「恥ずかしいなんて……うれしいですっ。こんなに濡らしてくれて……」

「言わないでっ……あううっ！」

恥じらいながら、真帆がしたたかに腰をくねらせて、M字になった両脚をピクピクと震わせる。

涼太郎がパンティの上から舌を這わせたからだ。

「ああっ……いやんっ……」

脚を閉じようとするも、涼太郎は許さない。

いやがる真帆の脚を押さえながら、もっと舐める。口の中に濃厚な酸味が広がり、くらくらしそうになる。

キツいのに舐めたくなる味だった。

唾液をたっぷりつけて舐めまわし、内側からも新鮮な蜜があふれてくるので、真帆のパンティはべとべとになった。

(こんなにべちゃべちゃにしたら、脱がすしかないよな)

5

サイドに手をかけて、ひと思いにパンティを引き下ろした。

「あっ……」

下腹部を丸出しにされた真帆が、脚を閉じる。

だがそうしてくれたことで、するすると丸まったパンティを簡単に爪先から抜くことができた。

（おおう！）

美熟女のさらけ出された恥ずかしい部分をじっくりと眺めた。

四十二歳の未亡人の恥部《ちぶ》は、清楚で可愛いらしい雰囲気とは裏腹に、生々しいほどの淫靡さを漂わせていた。

肉厚のヴァギナが、やけに大きく盛りあがっている。

（も、もりまんってヤツじゃないか？）

恥丘がふっくらしていると、具合がいいらしい。それくらいの知識はある。

そして肉ビラはかなり大きめで、亀裂の間からぬめった媚肉《びにく》をハミ出させている。磯《いそ》の香りがプンと漂い、鼻先にこびりついた。

（すごい……エッチなおまんこ……）

「そ、そんなに見ないでっ」

真帆は真っ赤になって声をうわずらせたが、見ないわけにはいかなかった。

左右のラヴィアに人差し指と中指をあてがい、Vの字に押し広げる。

すると、薄いピンクの粘膜が顔をのぞかせた。

清らかな色艶《いろつや》だったが、ぬめりがすごかった。

その鮭紅色《さけべにいろ》のぬめった媚肉に指を当てる。

「ああんっ……」

ねちゃっ、と音がして、奥から透明な愛液がしたたってくる。

（ああ、また匂いが……）

牝《めす》っぽい熟女の性の匂いに欲望がたぎる。

真帆がこんなにも濡らしてくれている。うれしくなって、その蜜を舐め取るように、襞《ひだ》の奥に舌を差し入れた。

「やっ、ん……」

真帆は背中をしならせ、目をつむって愛らしい声を漏らす。

酸味のきいた強烈な味と匂いだ。

なのに、むしろ引き込まれるように、ずっと舐めていたくなる。

(美味《おい》しいよ、真帆さんの味……)

夢中になって、ねろねろと舐めると、薄紅色の粘膜が、さらに潤《うるお》っていく。

花びらに唇を当ててしゃぶりまわせば、新鮮な蜜があふれてきて、あっという間に涼太郎の口のまわりまでぬるぬるに濡らしていく。

「ああっ、そんなっ……口でなんて、あああっ」

真帆は身をよじって恥じらいながらも、いよいよハアハアと息を弾《はず》ませはじめている。

もう脚を閉じることもない。

声音が色っぽくなって、発情を隠せないでいる。

そして両の手が、なにかにすがりたいと床をかいている。

(すごい感じてるっ。真帆さんが、俺の愛撫《あいぶ》で……)

ふたつの巨大なふくらみの向こうに、上品な顎を持ちあげて、わずかに小鼻をふくらませている真帆の愛らしい表情が見えた。

もっと感じさせたいと、舐めながら指を膣穴《ちつあな》に挿入《そうにゅう》した。

「うくっ……!」

真帆が身体をビクッとさせて、きりきりと身体を震わせる。

膣口《ちつぐち》は狭く、熱かった。

ひどく濡れきっていて、媚肉は力を入れずとも指を呑《の》み込んでいく。軽く動かしただけで、くちゅっ、と音が立ち、

「あっ……んっ……」

真帆の声がいっそう艶めいてきて、M字の脚が淫らにくねる。

身体の奥のほうを指でいじられ、腰の動きが卑猥《ひわい》になっていく。

ハアハアと感じ入った表情をして、目の下はもうねっとりと淫らに赤く染まっていた。

うれしかった。

もしかしたら、大好きな真帆を前にして、なにもできないかもと思っていたが、経験のある熟れた未亡人を、ここまで淫らに乱れさせることができた。

さらに、くちゅ、くちゅ、くちゅ、くちゅ……と指をピストンさせれば、

「あっ、んっ……んっ、んっ……はぁっ……あっ」

と、美熟女は眉根にシワを寄せて、口を半開きにする。

（もう聞こえちゃうだろうな……）

あふれる嬌声《きようせい》は、アパートの上の階に響いているかもしれない。

しかし、そんなことはもうどうでもいい。

管理人室に漂う甘ったるい匂いや、真帆の全身から放たれる淫靡で甘い香りのせいで、理性は麻痺《まひ》してしまっている。

いや……真帆とこんないやらしいことをしている時点で、自制心など働くわけがない。

涼太郎はさらにセックスに没頭する。

指を入れながら、粘膜を舌先で丁寧《ていねい》になぞりあげ、そのまま上方にあるクリトリスも舌でつつけば、

「あんっ……！」

と、真帆は今までになく大きな声をあげ、喉《のど》を突き出してのけぞった。

やはりここが弱いのだ。

さらにねろりねろりと真珠豆《しんじゆまめ》を舐める。

すると真帆は、「あっ、あっ」とせつなげな声を漏らし、ブリッジするように腰を浮かせていく。

ヒップを震わせ、熱い蜜を吐き出すように全身で悦《よろこ》びを表現する真帆に、涼太

郎はますます高まっていき、さらに肉芽《にくが》を舐め転がす。

「い、いやッ……あああ、そこは……ああん、だめっ……だめっ……」

真帆はガマンできないというふうに腰をくねらせ、性器を持ちあげてくる。

クリトリスはぷっくりと充血し、ますます尖りを見せている。

痛ましいほどにふくらんだので、ソフトに舌でなぞれば、

「ああっ、ううっ、ああっ……あああああッ！」

控えめだった感じ方が、いよいよ大きくなって乱れてくる。

とてもベッドで乱れる感じではないのに、自分のクンニで恥ずかしげもなくよがっている。

うれしかった。

さらにクリトリスを舐めれば、腰がひくついていく。

「ねえっ、待って……涼太郎くんっ、ああっ、もう許してっ……」

ハアハアと息を弾ませて哀願《あいがん》してくるも、涼太郎はやめなかった。

（のぼりつめて……真帆さんっ）

亡くなった旦那のことも、年齢差のことも忘れて、自分にすべてを委《ゆだ》ねてほしい。

（もっと、恥ずかしがらせたい）

涼太郎は真帆の脚をM字に開くだけでなく、今度はまんぐり返しのように背中を丸めさせ、真帆の顔を見つめながら、ねろねろとクリを舐めた。

「あああああっ……！　い、いやっ」

真帆は顔をそむけるも、もう紅潮《こうちょう》しきっている。

相当恥ずかしいのだろう。

見つめながら、クリトリスどころかスリットから蟻《あり》の門渡《とわた》りまで舌を大きく広げて、ねろん、ねろん、と舐めていけば、さらに蜜があふれていき、排泄《はいせつ》の穴まで透明な愛液がしたたっていく。

「ダ、ダメッ……」

真帆は今にも泣き出しそうな顔で首を振る。

しかし、イヤイヤしていても愛液は奥から垂れてきて、いやらしい牝の匂いは隠しきれないほどムンと漂ってくる。

酸っぱい愛液の味も濃厚になり、粘り気があふれてきている。

「ああっ、いやぁっ……涼太郎くん、おばさんを、ああんっ、こんな格好にしないでっ、許してっ……」

おまんこの下に、真帆の羞恥に濡れた美貌がある。

そして揺れ弾む巨乳があり、ピンピンに尖った乳首がある。

涼太郎はまんぐり返しの真帆をクンニすると同時に、手を伸ばして乳首をつまんでこりこりとする。

「あああっ！」

二箇所を同時に責められて、真帆の顔が淫らに歪《ゆが》む。

女の園は、もうぐちゃぐちゃだった。

涼太郎はあふれる蜜を、じゅるるっ、と音を立ててすすり立てる。

「あああっ、だめっ、あぅぅっ」

ちぎれんばかりに真帆は顔を振るも、身体はまんぐり返しの体勢で押さえつけられている。

さらにチュウチュウと音を立てて肉芽を吸えば、

「あはんッ……あああっ、あああっ……」

ついに彼女は、子どもが泣き出してむずかるような声を出して、赤ら顔をくしゃくしゃにしてヨガリまくりはじめた。

もっとだ。もっと感じさせたい。

涼太郎が乳首をつまみ、クリトリスを舌で弾《はじ》いたときだった。

真帆はまんぐり返しのまま、腰をガクガクとうねらせて、

「だめっ、ああんっ……だめっ……私……イクッ……あああああっ……ッ！」

可愛らしい容姿でも、やはり真帆は四十二歳の未亡人だった。

派手に叫んで、めくるめく快楽に溺《おぼ》れきっていった。

6

「ああんっ……」

ハア……ハア……。

アクメの余韻《よいん》に浸《ひた》っていてもまだ、真帆の眉間《みけん》には悩ましい縦《たて》ジワが刻《きざ》まれていて、絶頂の大きさを物語っていた。

ようやくまんぐり返しの体勢を崩すと、真帆は床に仰向《あおむ》けになりながら、泣き顔をこちらに向けてきた。

「……イジワルなのね、あんなふうにして……」

拗ねた四十二歳の可愛らしさに、ドキンッと心臓が跳ねた。

「すみません……」

謝るも、真帆は頬をふくらまして睨んでくる。

「恥ずかしいのに、全然やめてくれないし……私ばっかりっ」

年下にイカされた恥じらいに身を震わせていても、それでも、真帆は可愛らしかった。

どんなときも可愛らしかった。

「だって……夢中だったんです。気持ちよくさせたいって。今は俺のことだけ考えてほしいって……」

素直な気持ちを言うと、真帆は微笑んだ。

「……涼太郎くん以外の人、もう考えられないわよ」

言いながら、お腹に巻きついていたスリップを脱ぎ、真帆はついに全裸になってすべてを見せてきた。

呆《あき》れるほど、おっぱいとお尻が大きい。

なのに腰がくびれている。

肌は艶々して、首や肩もほっそりしている。

細身のグラマーは、最高だった。

涼太郎もパンツを脱いだ。

分身が飛び出たのを見て、とたんに真帆が呼吸を乱した。

久しぶりなのだろう。

緊張しているように見える。

しかし動揺しながらも、真帆の目はねっとりと濡れていた。

「あっ、そうだ……」

涼太郎は、先ほどのコンビニの袋をごそごそした。

ゴムをしなければ、と思ったからだ。

だが真帆は、

「あ、あの……涼太郎くん」

言われて振り向くと、彼女は目の下を赤く染め、もじもじしていた。

「……それ……つけないで、入れて……」

「え？　で、でも……」

「いいの、涼太郎くんを感じたいの」

刺激的な言葉に、身体が震えた。

真帆を再び仰向けに寝かせた。

膝をすくいあげて開かせつつ、屹立《きつりつ》を濡れ溝《みぞ》に押しつける。

真帆と目が合った。

期待と不安に泣きそうな少女みたいだった。

「い、入れますね」

彼女は小さく頷いて、顔をそむける。

硬くなったままのペニスに指を添え、クレヴァスに押しつけて、ゆっくりとなぞる。

「んっ……あぁっ……」

真帆の開いた爪先がヒクッと動いた。

愛液まみれの屹立で、膣穴を探す。

（あっ、ここ……）

肉傘《にくかさ》の先が膣口に引っかかる。怒張《どちょう》の先端を押し当てると、すぐにぬぷりと嵌《は》まり込んでいく。

「あ、あぁんっ！」

真帆がせつなげな甲高《かんだか》い声を漏らし、顎をクンッと跳ねあげた。

さらに腰を送ると、肉傘が蜜口に突き刺さった。

熱い媚肉に包まれる快感が、涼太郎に押し寄せてくる。

「あん、硬いっ」
未亡人はいっぱいにされた悦びに、声と身体を震わせる。
（ああっ、ついに……真帆さんとひとつに……）
セックスしている。
はじめて見たときから好きだった人と。
身体だけではない。
きっと、心もつながっている。
うそみたいだ。
もう二度と離したくない。
「くうう……」
涼太郎は唸《うな》った。
膣粘膜が、突き入れた勃起《ぼっき》を甘く締めつけてくる。
たまらなかった。もう出ちゃいそうだ。
しかし、もっと夢心地を味わいたい。
下腹部に力を入れ、前のめりになってググッと圧迫をかける。
「ああ、そんな……そんな奥に……ああん、いやっ……」

見れば、真帆のほっそりしたお腹が、異物を入れられて、わずかに波打っている。

(俺のチンポが、真帆さんの胎内で動いている)

至福だった。

真帆と深くつながったのが、はっきりとわかる。

(くうっ……どんどん締めつけてくる)

奥まで入れたのがよかったのか、ぬるぬるした温かな感触が、震えるほど気持ちよかった。

膣粘膜がざわめき、吸いついてくるようだ。

「き、気持ちいい……」

自然と腰が動いていた。

肉のエラが真帆の媚肉を甘くこすり、ざらついた奥までを切っ先で穿《うが》つ。

「ああっ、いきなりなんて……あううっ、大きいっ……やだっ、奥まで来てる、ああんっ」

真帆は美貌を歪めて、顔を打ち振った。

いやいやと言いながらも、正常位のまま、もっと入れてとばかりに腰を揺らしてくる。

すると、さらにカリが膣壁にめり込む形になり、真帆は「ああっ！」と声をあげて腰を浮かせる。

バストは重たげに、ゆさゆさと揺れている。

貫《つらぬ》きながら、乳首にチュウッと吸いついていく。

「あんっ、あっ……あっ……」

真帆がおっぱいをせり出すように背をしならせ、同時に膣がギュッと締めつけてくる。

「くっ、す、すごい……」

たまらなくなって呻くと、真帆が目を細めて見つめてくる。

「……私とエッチするの、気持ちいい？」

「も、もちろんですっ……気を抜くと出ちゃいそうなくらい、気持ちいいです」

「ウフッ、うれしい」

真帆が背中に手をまわして、しがみついてくる。

抱きしめたまま、さらに突いた。

愛液がしとどにあふれて、ぬんちゃ、ぬんちゃ、と音が立つ。

前傾姿勢《ぜんけい》がちょっとキツくなってきて、少し上体をそらして結合部を見ると、真帆のおまんこから、白いねばっこいものが分泌《ぶんぴつ》されていた。

(ほ、本気汁?)

AVで見た限りでは、女性が本気で感じると、オリモノのようなものが出ると言っていた。

本当かどうかわからないが、かなり感じているのは間違いなさそうだ。

昂ぶって、さらに穿っていく。

「あっ、あっ……涼太郎くんっ、ああんっ、き、気持ち……」

ため息交《ま》じりに、真帆が声を漏らす。

「んっ、あんっ、奥……気持ちいいっ……だめっ……あんっ、だめぇっ」

可愛らしい少女みたいな高い声に、涼太郎はときめいた。

肩口から手をまわし、真帆の肢体《したい》を抱き寄せながら、脚を伸ばしてさらにお互いの下腹部を密着させ、ぐりぐりと中をかきまわす。

「んんっ、それっ」

真帆がさらにギュッとしてきた。

「いいんですか、これ」

「うんっ、好き……ギュッとされて奥に入れられるのっ、好きっ」

そう言いつつ、彼女は胸に顔を埋めながら、ハアハアと熱い吐息をこぼす。

真帆が欲望を隠さなくなってきた。

そしてついには、

「ああん……もっと、もっとして……」

真帆が両脚を開いたままの格好で、腰を動かしてきた。

さらにこちらも穿つと、

「あ、あっ……んっ、んっ……すごいっ、涼太郎くん、おっき……」

甘くとろける声で、真帆が耳元でささやいてくる。

(今、俺のが大きいって……)

全身が震えた。

うれしかった。

涼太郎は上体を倒し、真帆をきつく抱きしめながら、もっと強く腰を使って、肉傘でぬめった膣肉と練り合わせていく。

「あんッ、いい、気持ちいい……」

真帆の抱きしめる力が強くなる。

もう気持ちよすぎて、出そうだった。
なんとかガマンしていると、真帆の様子が見たくてたまらなくなってきた。
両手を腕立て伏せのように立て、真帆を見下ろしながら腰を振る。
「あっ……あっ……」
真帆はもう感極まって、顔を隠すこともできないようだった。
黒髪を振り乱し、汗まみれだった。
細眉はくっきりと折られ、大きな目はうつろで、ぼうっと彷徨《さまよ》っている。
赤い唇は半開きで、甘い吐息をひっきりなしに漏らしている。
その表情を見ているうちに、涼太郎も下腹部に甘い刺激がのぼってきた。
ハアハアと息を荒らげて、怒濤《どとう》のピッチで剛直《ごうちょく》を突き入れた。
「ううっ、ま、真帆さんっ、俺……俺……」
「涼太郎くん……んふっ」
見つめ合い、どちらからともなく熱い口づけを交《か》わす。
そっと真帆の舌が涼太郎の口腔に滑り込み、情熱的に舐めまわしてくる。
(気持ちいいっ)
キスしながら、思いきり打ちつけた。

「あんっ、そ、それ、んんっ！」

切っ先が奥に届くたび、真帆はググッと顎を持ちあげる。柳眉《りゆうび》を歪め、いつもの清楚な顔つきからは想像もできない、艶《なま》めかしい表情を見せてくる。腰の動きは浅ましいほどで、強くペニスを揺さぶってくる。

「あううっ……おかしくなる、私、あああッ……！」

未亡人の肌が汗にまみれて、ピンクに染まっていく。濃い匂いがムンと立ち籠《こ》め、淫靡な打擲音《ちようちやくおん》が響いていく。

「ああ、俺、もう……やばいです」

「いいわ……私、またイキそうなの……イクところ、見られるのいやなの……お願い、先にイって。出して、私の中にいっぱい出してッ」

真帆がギュッと目をつむり、顔をそむけた。

亀頭の先が熱くたぎり、放出欲が高まる。

「で、出るっ、出ますっ……くうううっ」

深く突き入れた位置で、涼太郎は腰をブルッと震わせた。

「あんっ、すごい……いっぱい注がれてるっ……だめっ……イクッ……イッちゃう……いやぁぁぁぁ！」

真帆はよがり声を奏《かな》で、のけぞり返った。
腰がガクン、ガクン、と痙攣《けいれん》している。
(ああ、しぼり取られるっ)
鈴口《すずぐち》からは熱い白濁液《はくだくえき》が勢いよく放出され、真帆の膣内を満たしていく。
とろけてしまうような、気持ちのいい射精だった。
のぼりつめたあと、ふたりで抱きしめ合った。
「次はお布団でしましょうね」
真帆が笑った。
ハッと気づいた。欲望のままに床の上で抱いてしまったのだ。
「す、すみません……」
謝ると、ウフフと笑って、真帆が唇を重ねてきた。

エピローグ

「おおい」

アパートの玄関を掃除していると、祖父がやってきた。

襟《えり》の大きなシャツに、派手な赤いネクタイ。

今どき珍しいサスペンダーに、ポケットチーフにパナマ帽。

お洒落《しゃれ》ではあるけど、絶対にカタギには見えない。

「どうだ、調子は」

祖父は扇子《せんす》で扇《あお》ぎながら、ガハハと笑った。

「どうだって……普通だよ」

汗を拭《ぬぐ》いながら、涼太郎が答える。

と、そのとき、田布施がいかつい顔で現れた。

「おはようさんです。おっ、大家さんもお久しぶりで」

「おう、元気だったか」

ふたりを見ていると、まるで任侠《にんきょう》映画である。

「あっ、田布施さん、この前、共有部分に荷物を置いたでしょう」

涼太郎が言うと、じろっと田布施が睨《にら》んでくる。

「ちょっと置いただけですぜ」

「ちょっとでも、ずっとでも、決まりは決まりですから。次からはちゃんとしてくださいね」

ぴしゃりと言うと、田布施は、

「へい」

と力なく言い、祖父に頭を下げてから、玄関から出ていった。

「うまくやってるみてえじゃねえか」

「そうかなあ」

正直、自分がなにか変わったかなんてわからない。

だけど、もやもやとあれこれ考えるのはもうやめた。

人に対して卑屈《ひくつ》になるのも、媚《こ》びを売るのも、自分の神経をすり減らすだけだとわかったからだ。

「いい顔になったじゃねえか」

言われて、涼太郎は顔を触る。

「なんも変わってないよ」

「いや、いい男になった。ここに連れてきて、よかったよ」

祖父が目を細める。

たしかにそうだ。

ここに来なければ、なにも変わらなかった。

「あ、そうそう。ちょっと待ってて」

涼太郎はいったん管理人室に戻り、再び玄関に戻ってきた。

「これ、じいちゃんに返そうと思ってたんだ」

差し出したのは、祖父のライターである。

「おお、ここにあったんか」

「おかげで助かったよ」

「あん？」

祖父が不思議そうな顔をする。涼太郎は笑った。

そのときだ。

「おはよう。あら大家さんも、おはようございます」

真帆が出勤前に挨拶《あいさつ》をしてきた。

ドキッとした。昨晩、三度もシタからだ。

真帆のほうも恥ずかしそうで、顔を赤らめつつ出社していく。

「……おい、ヤッたんか」

祖父が言う。ギクッとした。

「な、なにを……」

「ヤッたんだな。くうう、いい女だと思ってたのになあ。孫に先を越されちまったか」

「だめだよ、あの人は。もう俺のもんだからね」

言うと、一瞬祖父は驚いたものの、ガハハと笑って肩を叩いてきた。

※この作品は双葉文庫のために書き下ろされたもので、完全なフィクションです。